이천이십오년

김유정문학상

은행나무

차례

5
심사평

9
수상 소감

수상작

13
이주란, 「겨울 정원」

수상 후보작

47
김성중, 「새로운 남편」

85
김연수, 「조금 뒤의 세계」

109
서장원, 「히데오」

137
임선우, 「사랑 접인 병원」

173
최예솔, 「그동안의 정의」

심사평

2025 김유정문학상 예심은 이십여 개의 문예지에 실린 총 265편의 작품을 이경재 평론가, 인아영 평론가, 최수철 소설가, 하성란 소설가 네 사람의 심사위원이 검토하는 과정을 거쳤다. 한 달 반여의 기간 동안 심사위원들은 각자에게 배분된 예심작 가운데 각자 두 편의 추천작을 선정하여 본심에 올렸다. 본심에는 예심에서 올라온 8편에 더하여, 모든 예심작 후보 중에서 심사위원들이 각기 추천한 2편씩이 포함되었다. 중복되는 추천작은 없었기에 9월 4일 은행나무출판사 회의실에서 이루어진 최종심에서는 다음 16편의 소설을 두고 토론했다.

강보라, 「바우어의 정원」
강화길, 「거푸집의 형태」
김경욱, 「도련님은 어떻게 작가가 되었나」
김성중, 「새로운 남편」
김연수, 「조금 뒤의 세계」
김지연, 「무덤을 보살피다」
구소현, 「오토매틱 블루베리」
서이제, 「활의 방향」
서장원, 「히데오」
성해나, 「신포도밭」
이주란, 「겨울정원」
임선우, 「사랑 접인 병원」

임솔아,「금빛 베드 러너」
최미래,「과자 집을 지나쳐」
최은미,「김춘영」
최예솔,「그동안의 정의」

심사는 신중하고 차분한 분위기에서 진행되었다. 우선순위로 꼽는 3편씩을 투표로 모은 결과 「새로운 남편」, 「히데오」, 「겨울 정원」이 최종심에 먼저 올랐고, 거듭된 토론을 거쳐 「조금 뒤의 세계」, 「사랑 접인 병원」, 「그동안의 정의」가 더해진 총 6편의 작품이 정해졌다. 수상작은 김성중의 「새로운 남편」, 서장원의 「히데오」, 이주란의 「겨울 정원」 세 편으로 좁혀져 토론이 이루어졌다. 「새로운 남편」이 신선한 소재를 풍부한 상징으로 끌어올리는 서사적인 힘을 보여주었다면, 「히데오」가 이 시대의 남성성을 입체적으로 조명하면서도 특유의 문체와 분위기를 섬세하게 조탁했다는 데 심사위원들은 넉넉히 동의했지만, 「겨울 정원」이 단순한 일상에 깃들어 있는 삶의 아름다움과 깊이를 보여주면서 소설이라는 장르의 가치를 새삼스럽게 환기한다는 데 감동을 표하며 수상작으로 의견을 모았다.

예순 살 여성 혜숙의 일상을 그리는 「겨울 정원」은 너무 잔잔해서 아무 일도 일어나지 않는 것처럼 보이는 한 사람의 삶에 얼마나 많은 사랑과 슬픔이 출렁이고 있는지 보여주는 소설이다. 청소 노동자 혜숙은 전세로 살고 있는 친구의 집에서 정원을 가꾸고 있다. 겨울이 되어 텅 비어 있는 것처럼 보이는 정원도 가만히 바라보고 있으면 왠지 시간이 다르게 흐르는 것 같다고 느끼면서. 오피스텔에서 청소하고 밥을 먹고 잠을 자는 평범한 일상을 반복하는 혜숙에게 딸은 엄마처럼 단순하게 살고 싶다고 말하지만, 가까이서 들여다보면 그렇게 단순하지만도 않다. 자신처럼 청소하는 사람이 나오는 영화를 보다가 잠들기도 하고, 친한 언니네 놀러가서 고양이를 보고 신기해하기도 하며, 딸과 소주를 마시면서 짝사랑 고민을 상담해주기도 하고, 큰글자도서 모임에서 만난 남자와 설레는 만남을 이어나가기도 한다. 일상이 조용하게 흘러가는 동안 혜숙은 자신에게 일어나는 작은 순간들을 담담하게 바라보고 보살핀다. 어떤 수치와 모욕이 삶을 덮쳐와도 고통에 엄살부리거나 누군가를 원망하지 않고 가만한 일상을 살아내면서. 삶에 최선을 다한다는 의미는, 그리고 삶을 사랑한다는 의미는 이런 것이 아닐까? 사랑이라는 단어를 쓰지 않아도, 거창한 다짐으로 무언가를 자꾸만 하려고 하지 않아도, 겨울 정원을 가꾸듯 묵묵히 하루를 살아내는 것. 텅 비어 있는 것처럼 보이는 겨울 정원에도 언배추와 아직 피지 않은 꽃이 심겨 있어 까치와 길고양이들이 바쁘게 오가는 것처럼, 별다른 의미 없이 "그냥" 살아가는 것처럼 보이는 한 사람의 삶에도 수많은 슬픔과 웃음, 후회와 그리움이 숨 쉬고 있다. 이 소설의 절제된 정서와 유머, 온기로 그려진 삶의 무늬에 많은 독자들이 오래 머물렀으면 좋겠다. 그 감동적인 풍경을 보여준 이주란 소설가에게 깊은 감사를, 그리고 수상 후보작의 모든 소설가들께 깊은 축하의 인사를 전한다.

수상 소감

어제 오후에 수상 소식을 들었다. 하던 일을 마저 하고, 저녁에 퇴근을 하고 집으로 돌아왔을 때 어머니는 자고 있었다. 너무 일찍 일어나니까 꼭 일일드라마가 할 즈음 잠이 들고 마는 것이다. 나는 콩비지찌개를 끓여 혼자 밥을 먹었다. 내가 먹은 것을 치우고 텔레비전을 보다가 자정 무렵 방으로 들어갈 때까지, 어머니는 깨지 않았다. 파란색을 좋아했었나? 너무 파란데? 텔레비전을 보는 동안, 파란색 티셔츠를 입고 잠든 어머니의 등을 몇 번쯤 바라보았다. 머리부터 발끝까지, 별다른 이유 없이 그냥 바라보는 일. 어머니는 오늘 새벽, 콩비지찌개를 데워 도시락 반찬으로 싸갔다. 점심시간에 그것을 먹었을 것이고, 지금은 다시 일을 하고 있을 것이다.

나는 이 소설의 화자 혜숙을 좋아한다. 이 사람은 너무 많이 슬퍼본 적이 있기에 많이 슬프지 않고 조금 슬픈 것을 다행이라 여기는 사람이고, 그리하여 어느 날엔 누군가의 작은 인사와 함께 자두 두 알이나 쿠키 하나를 받고 웃음을 나누는, 소소하게 기쁜 날들을 보내는 평범한 사람이다. 이 소설을 쓸 때 나는 그런 사람의 작은 기쁨과 슬픔, 그리고 그보다 큰 그리움에 대해 생각했다. 작은 인간이 할 수 있는 거의 꽉 찬 사랑, 그러나 다른 사람이 보면 '너무 작은데'라고 할 것만 같은, 그런 사랑과 여전한 그리움 말이다. 누군가 조금 슬프다고 말할 때는 분명 어떤 류의

용기가 필요할 것 같다. 꼭 그 용기에 격려를 해주듯이,
이 소설을 선정해주신 것에 마음 깊이 감사드린다.

겨울 정원

이주란

2012년 『세계의문학』 신인상을 수상하며 작품활동을 시작했다. 소설집 『모두 다른 아버지』 『한 사람을 위한 마음』 『별일은 없고요?』, 장편소설 『수면 아래』, 중편소설 『어느 날의 나』 『해피 엔드』 단편소설 『그때는』, 짧은 소설 『좋아 보여서 다행』이 있다. 김준성문학상, 가톨릭문학상 신인상, 제10회 젊은작가상을 수상했다.

봄과 여름 내 만개했던 것들이 모두 진 십일월부터, 하루 중 가장 볕이 따뜻한 오후 한 시간 동안 난 꼬박 텅 빈 정원을 바라본다. 이러고 앉아 있으면 시간이 다르게 흐른다. 텅 비지 않았어, 엄마. 꽃만 졌지 다 그대로잖아. 미래는 내게 그렇게 말하곤 하지만 내가 볼 땐 아니다. 텅 비어 있는 것처럼 보인다. 엄마 S야? 미래가 묻는다. 난 N이야. 내가 대답을 하기도 전에 미래가 말한다. N이 뭔지 S가 뭔지 물으면 귀찮아할지도 모른다. 난 여러 번 말해줘야 겨우 조금 알아들으니까.

삼 년 전 막내 언니까지 다 죽고 나만 남았다. 그때 이 집을 얻었다. 내 친구의 집이다. 친구가 제주로 내려가면서 내게 전세를 주고 갔다. 아주 싸게 주고 가서, 내 꿈이었던 정원 딸린 집에 살게 됐다. 비록 지은 지 오래되어 쓰러져가지만 괜찮다. 정원을 갖고 싶었으니까. 한쪽에 둔 캠핑 의자 두 개는 미래가 친구한테서 얻어왔다. 크고 튼튼하고 가벼운 의자다.

이렇게 좋은 물건을 그냥 막 주기도 하니?

자기보다 나한테 더 필요한 것 같대.

미래가 집으로 돌아오기 전까지 난 이십오 년을 혼자 살았다. 아니 미래가 독립을 한 뒤부터 따지자면 십오 년. 십오 년을 혼자 살았다. 육십 년 인생 중에서 십오 년이면 그게 얼마만큼인 거지? 긴 건가 짧은 건가 미래에게 물으면 아무래도 귀찮아하려나.

그래 네 개 중에 하나구나. 천천히 생각하면 나도 그 정도 답이 나오기는 한다. 엄마, 묻기 전에 생각을 해봐요. 그러면 치매 예방에도 좋을걸. 하기사 그건 네 말이 맞다. 지난 사십오 년이 잘 기억나지 않는 걸 보면 조심을 하긴 해야겠다는 생각이 드는 것이다. 난 청소하는 사람이다. 칠 년 됐다.

난 단순하게 산다. 오피스텔에 가서 청소하고 집에 와서 씻고 밥을 먹고 텔레비전을 보거나 유튜브를 보다가 잠을 잔다. 어제 미래는 내게 노트북으로 〈퍼펙트 데이즈〉라는 영화를 보라면서 틀어주고 외출했다. 엄마 같은 사람이 주인공이야,라고 하기에 왜냐고 물었더니 일단 청소하는 사람이 주인공이라는 것이다. 그런 당연한 것도 영화가 되는 거니? 물었더니 보면 알 거라고 말하고 나갔다. 새 신발을 샀는데 갈 데가 없다고 징징거리던 게 엊그제인데 갈 데가 생겼나보다. 좀 어른스러운 색을 사지 빨간색을 사니, 속마음을 내뱉고 말았을 때 미래가 말했다.
엄마를 닮았나봐요.
저렇게 하고 싶은 말을 다 하고 살면 소설에는 무슨 얘길 쓰는 걸까. 난 누워서 영화를 봤다. 정말 이런 단순한 삶도 영화가 되는 건가 싶었는데 내가 보니 아니었다. 단지 직업만 같을 뿐, 그 사람은 취향이라고 할까, 교양이 있었고 잘생겼다. 내용 또한 엄청 잔잔하다더니 내 보기엔 그것도 전혀 그렇지 않았다. 그 사람은 웃기도 했고 울기도 했고 아무튼 종일 바쁘게 돌아다녔다. 그렇다면 그 뒷이야기는 더 거창하리라 짐작된다. 짐작할 뿐, 지금은 거기까지밖에 모른다. 한 시간쯤 보았을 때 잠이 드는 바람에 다시 보았는데도 또 한 시간쯤 지나서 잠들고 말았기 때문이다. 재미가 없어서가 아니라 너무 일찍 일어나니까 딱 그 시간에 잠이 쏟아진 것이다. 그래도 오래는 안 잔다. 그냥 초저녁에 삼십 분쯤 자다가 일일 드라마가 하기 전 깬다.

잠을 푹 자지 못한 지는 오래됐다. 별일 아니다. 하루에 열 번쯤 자다 깨다 하는 것 같다. 나는 거의 못 자는 것 같은데 미래 말로는 자기가 볼 때마다 내가 자고 있다고 한다. 영 틀린 말은 아닌 게, 미래가 온 뒤로는 전보다는 잘 잔다. 아무튼 출근을 하기 위해서 알람을 맞춰놓을 필요도 없다. 네 시고 다섯 시고 아무때나 눈이 떠지니까. 이제 육십인데 오래전부터 그랬다. 미래는 열 시에도 알람을 맞춰놓지만 그것마저도 못 들을 때가 많아 나한테 꼭 깨워달라고 한다. 이 부분에서만큼은 '엄마를 닮았나봐요'가 통하지 않는 것이다. 말이 안 되는 것까지 우기지는 않는다. 돈은 늘 없었지만 그렇게 막무가내로 키우지는 않았다. 아니 미래가 그렇게 막무가내로 살지는 않는다.

⌘

출근 시간은 여덟 시지만 난 매일 간단한 도시락을 싸서 일곱 시에 집을 나선다. 어떨 땐 여섯 시 오십 분에도 나갈 때가 있다. 오피스텔까지는 십 분이나 십오 분이면 도착한다. 미래는 내게 힘들게 왜 그러느냐고 묻는다. 왜인지 생각해보지만 특별한 이유는 없다. 그렇다고 내가 영화 속 주인공처럼 청소 도구까지 직접 만들고 그러지는 않는다. 그냥 일찍 일어나니까 일찍 가는 것이다. 일찍 가는 것뿐, 일은 여덟 시부터 시작한다.

그럼 사십오 분 동안 뭐하는데요?

미래가 물은 적이 있다. 뭐 없다. 난 그냥 쉰다. 그래서 그냥 쉰다고 말해줬다.

사십오 분이나 쉰다고? 사십오 분을 집에서 쉬다 가면 되잖아요.

지하 이층에 나 혼자 쉴 수 있는 내 방이 있다는데, 미래는 이해를 못한다. 집에서의 시간과 오피스텔에서의 시간은 다르게 흐른다. 미래의 표현에 따르면 난 괜히 사십오 분이나 일찍 가서 거기서 쉰다. 내 휴게실에서 나는 이후의 삶을 어떻게 살면 좋을지 들려주는 유튜브를 보거나 나라에서 일어나는 일들에 관한 기사들을 클릭한다. 그런다고 내 교양이 쉬이 늘지는 않지만 그래도 본다. 오인환이라는 사람 때문에 그런 습관이 생겼다.

일곱 시 오십 분이면 출근 카드를 찍고 카트를 준비한다. 전날 퇴근할 때 다음날 일할 준비를 싹 해두기 때문에, 관리사무소 정수기에서 일하는 동안 마실 물만 가득 담으면 준비 끝이다. 텀블러는 미래가 줬다. 그전엔 물이 먹고 싶을 때마다 꾹 참았다가 점심시간과 퇴근 시간에만 마셨다. 십층부터 청소를 하자면 목이 마르단 이유로 지하 일층 관리사무소까지 내려가기가 쉽지 않으니까 한여름에도 그랬다. 뭐 물병을 챙길 생각을 못했던 지난 얘기고, 지금은 텀블러가 세 개나 된다. 스타벅스 제품 두 개, 신동엽문학관 기념품 하나. 기분에 따라 골라서 다닌다.

요 며칠 눈이나 비가 오지 않아 건물 상태가 좋다. 안 좋아도 어쩔 수는 없지만 그럴 땐 힘이 곱절로 드니까 날씨가 좋으면 나도 기분이 참 좋은 것이다. 물론 오피스텔 복도나 화장실은 더울 땐 덥고 추울 땐 춥고 여전하지만 칠 년째 하니까 그러려니 한다. 일단 십층 계단 난간부터 시작해서 지하 일층까지 쭉 간다. 계단부터 전부 하고서 복도 바닥으로. 아, 그전에 옥상부터다.

재계약은 어떻게 되는 거래요?

그때 가봐야 안대요.

소장과 마주친 김에 인사도 없이 대뜸 물었다. 원하는 대답을 듣진 못했지만 역시 기다려보기로 한다. 늘 이런 식인 걸 알면서도 조금 초조한 건 어쩔 수가 없다. 엄마, 엄마도 뉴스에 나오는 그런 상황인 거네. 처음 내 고민을 들었을 때 미래가 말했다.

그러니.

했더니,

응. 와 진짜. 와 세상에.

라고 말했다. 이런 이야기를 소설에 쓸 때는 와 진짜 와 세상에라고 쓰지는 않겠지. 아니 자기가 그렇게 쓰고 싶으면 쓰려나. 난 소설을 잘 모르고, 현실은 어차피 내가 알아서 할 일이다. 그래도 미래가 일 편하게 하라고 텀블러며 털신이며 귀마개, 안다르 기모 바지 같은 것을 자꾸

사준다. 집이 주택단지와 조금 떨어져 있기는 한데, 쿠팡이라든지 마켓컬리, 배달의민족까지 다 된다. 난 그런 것을 모두 미래에게 차근차근 배웠다.

엄마, 엄마도 혼자 살려면 이런 걸 이제 알아둬야 해요.
넌 이런 걸 어떻게 이렇게 잘 아니?
실은 나도 아주 잘 알지는 못하지요.

옥상에는 재떨이가 있다. 소장이 이미 치웠다. 처음엔 없던 것이 생겼고 군말 없이 치우기 시작했는데, 어느 날부터인가 소장이 하기 시작했다. 여사님은 이런 거 만지지 마세요, 했던 것이다. 아닌 게 아니라 꽁초만 있는 것이 아니긴 했지만 해야 하니까 하려고 했다. 난 물을 내리지 않아서 남이 싼 똥이 그대로 있는 화장실 변기 청소도 매일 하니까. 아무튼 고마운 사람이고, 소장이니 주임이니 경비니 뭐니 해도 전부 똑같은 계약직이라고 서로 돕자고 한다. 변기 청소까진 못해드리지만 이거라도, 하는 것이다. 계약 기간은 각자 다른 건지 때에 따라 다른 건지 아무튼 길면 십 개월인가 십일 개월인가 그랬었는데, 삼 개월인가 사 개월씩으로 더 짧았던 적도 있다. 그러니 언젠가는 헤어지기가 아쉬운 적도 있었다.

엄마 어제 영화 어땠어요?
글쎄.
제대로 안 봤구나.

겨울 정원

그런가보지.

미래가 숙제 검사를 하는 선생처럼 군다. 점심시간이라 이제 내 방에 와서 좀 쉬려고 하는데. 너나 제대로 보고 너나 제대로 써라 하고 싶은 걸 참는다. 난 내 일을 제대로 하고 있다 이것아.

점심 도시락이라고 해도 대단한 걸 싸오지는 않는다. 원래 가리는 거 없이 잘 먹기도 하고 밥도 뜨겁고 아침을 먹지 않기 때문에 배가 고파서 그냥저냥 싸와도 다 맛있다. 미래도 그렇다. 다 잘 먹는다. 좀 덜 먹으면 이뻐질 텐데 다 맛있어서 살이 쪘나보다, 언젠가 또 실수로 마음속 진심을 드러냈더니 미래가 말했다. 이것도 엄마를 닮았나보죠.

아무튼 난 반찬이 뭐든 불평 없이 점심을 먹는다. 내가 싸온 거니까 불평을 할 데도 없긴 하다. 원래는 찬밥을 먹었다. 관리사무소에 전자레인지가 있었지만 한 층을 올라가서 밥을 돌려오기가 싫었다. 뭐 죄지은 것도 없지만 최대한 마주치지 않는 게 마음이 편하다. 어디까지 말했더라. 어려운 얘기 하는 것도 아니고 세상 단순한 얘길 하고 있는데…… 그래, 원래 찬밥을 먹었는데 미래가 보온 도시락을 사줬다. 근데 그걸 매일 썼더니 보온력이 약해졌다. 그래도 아예 안 되는 것은 아니어서 지금 보온 도시락 상황이 그렇다, 지나는 말로 전했더니 전자레인지를 사줬다. 그래서 그 뒤로 편히 내 방에서 뜨거운 점심밥을 먹게 되었다. 일하면서 힘도 썼고, 밥이 뜨거우니까 반찬이 뭐든 다 맛있다.

이주란

⌘

퇴근길에 예전에 옆 동 살던 금주 언니를 마주쳤다. 언니가 상가를 옮긴 뒤로 끝나는 시간이 비슷해져서 종종 마주친다. 언니를 처음 만난 것은 정말 우연이었다. 의자를 놓고 올라가도 손이 닿지 않는, 더럽게도 안 닦이는 곳이 있어서 고민하던 즈음이었다. 퇴근길에 동네 상가 김밥집엘 들렀다가 나오는 길에, 처음 보는 기다란 도구로 천장과 천장 구석구석과 샷시 위쪽까지 닦는 언니를 보게 된 것이다. 원래는 절대 안 그러는데, 아니 못 그러는데 그땐 용기를 내서 말을 걸었다. 어떤 게 너무 필요하니까, 그걸 너무 원하니까 없던 용기가 막 생겼던 것이다. 안녕하세요. 혹시 그런 거는 어디서 파는 거예요? 그랬더니 언니가 응, 이거는 우리가 만든 거예요, 라고 말했다. 어머 근데 이런 걸 다 물어보네. 청소해요? 이리 들어와서 커피 한잔 마시고 가요. 빈 상가 구석구석에서 사람들이 나왔다. 언니에게는 세 명의 멤버가 더 있었다. 그후 가까워진 내게 언니는 몇 차례 자기네 팀으로 들어오라고 했다. 내가 성실해 보이고, 그런 걸 물어보는 거 보니까 이 일에 대한 자부심도 있는 것 같고 적극성도 있는 것 같다면서 멤버가 되기 충분하다는 것이었다. 그래 나도 당시엔 흔들리긴 했지만 나중에요, 라고 대답을 미뤘다. 혼자 살고 혼자 일하는 것이 제일로 편하다. 자유로우니까 그렇다.

혜숙아, 우리집 가서 밥 먹고 가. 우리집에 과메기 있어.

맛있겠다. 근데 다음주에.

그땐 과메기 없어.

◎ 21 ⊛

다음에요. 지금 집에 가봐야 해서.

다음주에 꼭이야.

금주 언니와는 횡단보도 앞에서 헤어졌다. 내 집에 과메기가 있는 것도 아니고 다른 특별한 이유는 없었지만 집으로 간다.

집에 도착하면 오후 네 시나 네 시 조금 넘어서까지, 미래 친구가 준 캠핑 의자에 앉아서 풍경을 바라본다. 내 겨울 정원엔 언 배추 몇 포기가 있다. 오늘은 까치 열 마리가 왔다. 까치들이 뭐 이것저것 주워먹고 있다. 고양이들은 잠시 후에 올 것이다. 내 친구가 이 집을 내게 아주 싸게 전세 준 조건이 있었다. 여길 찾아오는 고양이들에게 밥을 잘 챙겨주라는 것이었다. 사료는 내 친구가 집으로 주문해준다. 아유, 그런 거라면 얼마든지 할 수 있는 것이다. 추운 데서 먹지 말라고 집도 만들었고 가끔은 내 돈으로 산 츄르도 준다. 처음엔 미래가 고양이들 간식을 사다줬는데, 이젠 내가 산다. 중심가 쪽에 무인 판매점이 있다. 엄마, 엄마도 이제 이런 걸 배워야 해. 치매 예방에도 좋고, 츄르 값 내기 싫어서 그런 건 절! 대! 로! 아니고요, 하면서 알려줬다. 고마운 내 딸.

고양이들이 오기 전 집으로 들어가 도시락통을 개수대에 넣고 미래 방문을 열어본다. 응? 다리 사이에 끼고 자는 긴 베개를 사람인 척해놨네? 이불을 들춰보니 그렇다. 외박을 한 모양이다. 외박을 하고서 점심에는 내게 숙제 검사를 하듯 한 거군. 우리는 뭐 매일 저녁을 같이 먹거나 자기 전에 잘 자란 말을 하거나 하지 않고 각자 생활하는 편이기 때문에 안 들어온 줄도 몰랐다. 그래도 안전을 위해서 말만 좀 해주면 좋으련만 바랄 걸 바라야지, 하면서 다시 긴 베개를 이불로 덮는 사이에 미래가 들어온다.

나이가 몇인데 이렇게 해놨어?

응? 이거 내가 그런 거 아녜요. 나 당당하게 외박한 거야!

당당이라니, 내세울 일일 것까지야, 싶지만 그래도 난 나와 다른 미래가 좋다. 아니 다행이라고 생각한다. 나 같았다가는…… 평생 누군가에게 사랑한다는 말 한마디 못하고 죽을지 모르니까. 말로는 당연하고 어디 카톡이나 노트북에 가끔 일기를 쓸 때에도 사랑이라는 단어를 쓰기가 쉽지 않다. 미래가 바리바리 짐을 싸 이 집에 들어오던 날, 내게 오래 쓰던 노트북을 줬다. 그래 노트북 열어보는 게 재밌어서 네이버에 뭘 검색하다 보니까 지난 검색어가 떴는데 환멸, 체념, 적응, 포기라는 단어가 있었다. 그러니까 내 딸이 그런 단어들을 검색한 흔적을 목격하는 것보다는 당당하게 외박하는 편이 훨씬 좋은 것이다.

고양이들에게 밥을 주고 들어왔다. 너도 밥 먹을래? 물었더니 미래가 라면을 끓인다. 소주 한 병을 꺼내서 마루에 앉는다. 집은 쓰러져가지만 마루의 한 면이 확 트여 정원이 싹 내다보이는데, 내 눈에 황량해 보이는 겨울 풍경이 미래 눈엔 그저 좋다고 한다.

엄마도 먹을래?

너 많이 먹어.

미래는 우리가 같이 열심히 담근 김장김치를 꺼내와 맛있게 끓여진 라면을 먹는다. 건강을 생각하면 우리 둘 다 살을 빼긴 해야 하는데, 미래 입으로 먹을 게 들어가는 걸 보면 어릴 때 못 먹인 생각이 좀 나면서 지금은 이것저것 사 먹고 사는 것 같아 기분이 좋다.

엄마, 나 좋아하는 사람이 생겼어요.

응?

근데 짝사랑이야. 내가 혼자 그 사람을 좋아해요.

난 뭐라 대꾸해주기가 좀 그래서 미래 앞에 놓인 술잔에 소주 한 잔을 따라준다. 미래는 술은 반 잔씩 나눠 마시고 김치는 세 개씩 먹는다.

잘될 것 같아?

아니. 저번에 만났는데, 입술을 왜 다쳤냐고 묻는 거야. 그래서 내가 면도하다가 다쳤다고 했거든? 혹시 그게 좀 문제가 될까?

웃기려고 그런 거야?

아니, 사실이었어요.

내 딸은 소설을 쓴다. 미래에게 직접 말한 적은 없지만 난 그걸 아주 자랑스럽게 생각한다. 아니 사실 몇 번 말한 적이 있다. 그런데 그럴 때마다 미래는 머쓱한지 덤덤하게 말한다. 엄마, 내 책보다 모형 책이 더 많이 팔려요. 아니 엄마, 내 책보다 모형 책이 더 많이 팔린다니까요. 아유 엄마! 제발 자랑스럽지 말라니까요! 하기에, 그

게 잘못이니. 내 마음이다 이것아. 했더니 잘못했다라든
지 잘못하지 않았다 이렇게 두 개로 나눌 수가 없는 거라
고 한다.

아니면 후추를 왜 그렇게 좋아하느냐고 물은 것이 문
제가 된 걸까? '왜'랑 '그렇게'를 쓰지 말았어야 했나? 그
냥 후추를 좋아하느냐고 했으면 괜찮았을 것 같은데 '왜'
랑 '그렇게'를 쓰니까 뭔가 추궁하는 느낌을 받았을지도?

면도 때문인지 후추 때문인지 직접 물어보면 되잖니.

겨우 한다는 말이 이거였는데 미래가 말한다.

확실해. 엄마는 S일 것 같아. 엄마, MBTI 검사해봐요.
금방 해.

지금 내가 나이가 육십인데 S든 N이든 난 알고 싶지
도 않고, 안다고 한들 그게 무슨 큰 의미가 있느냐고 묻고
싶은데 그동안 미래가 그걸 해보라고 한 게 한두 번이 아
니긴 했다. 내 딸이 누군가를 혼자 좋아한다는데, 그것 때
문에 지금 슬픈 건지 좋은 건지 아무튼 내 딸이 좀 해달라
는데 이따가 한번 해봐야겠다. 울지 않으니 다행이기도
하고. 아무튼 단순하게 살다 보니까 나이들어가는 것도
잘 몰랐는데 연초부터 은행이니 뭐니 하면서 '시니어 대
상' 상품들을 홍보하는 광고 메시지가 하도 많이 날아드
니까 내 나이를 확실히 알긴 알게 되었다. 육십처럼 사는
건지는 잘 모르겠다. 천차만별 같다. 청소 일 하기 이제
좀 괜찮은 나이인가, 그렇게는 인식이 된다. 처음 일을 시
작했을 땐 가는 곳마다 이런 말을 듣고 떨어졌었다. 청소
하기엔 너무 어리세요. 그땐 참, 내 나이가 이런 걸 어떡

하라는 건지 하도 답답해서 할 수만 있다면 얼른 나이를 먹고 싶었다.

차라리 고백을 해봐.

고백이란 게 말처럼 쉽지가 않잖아요.

결판을 내야지.

엄마, 나도 엄마처럼 단순하게 살고 싶네.

슬프니?

지금 내 마음은 슬프다 슬프지 않다 이렇게 두 가지로 나눌 수 없는 거예요.

미래가 말한다. 아무튼 누군가를 좋아하니까 슬프기만 한 건 아닌 모양인데 안쓰러워 보인다. 하지만 남의 마음을 어쩌나. 한 사람이 아니라고 하면 아닌 거지. 뭐 맛있는 거 시켜줄까? 물어보는데도 괜찮다고 한다. 시키면 먹을 거면서 꼭 저런다. 그러니 내 보기엔 미래는 자주 충분히 단순하다. 물론 속마음일 뿐 말은 안 한다. 서로 나이가 드니까 어떤 말들은 쉽게 하게 되고 또 어떤 말들은 끝까지 하지 않게 된다. 난 미래에게 오인환씨에 대한 이야기를 한 번도 한 적이 없고 앞으로도 할 생각이 없다. 언제였더라. 언젠가 미래는 '자식에게 미안해서 훈육 대신 사과를 하는 경우'에 관한 유튜브를 보던 모습을 내게 걸린 적이 있었고, 나도 한 번 '같이 사는 성인 자녀가 싫을 때'에 관한 유튜브를 보는 모습을 미래에게 걸린 적이 있었다.

짧은 메시지 같은 것은 열심히 머리를 굴리면 어느 정도 연기가 되는데 긴 건 잘 안 된다. 본색이 드러나기 마련이다. 초등학교 동창들 단체방에서 다들 연말 인사를 나누는데 쉽지가 않다. 난 미래에게 도움을 요청한다. 이거 메시지 어떤지 좀 봐줘. 좋은 글을 쓰고 싶다. 교양이 있어 보이는 글. 교양이든 뭐든 있어 보이는 게 아니라 진짜 있었으면 참 좋았을 텐데. 미래는 내가 한 시간쯤에 걸쳐 쓴 메시지를 보고 잘 썼다고 해주었다. 정말이지? 물었더니 정말이야, 엄마! 한다. 난 미래를 믿는다.

그해 겨울 오인환씨를 처음 만난 것은 큰글자도서 모임에서였다. 그 전주에 무슨 바람이 불었는지, 아니 실은 하도 심심해서 무언갈 사고팔 게 없는데도 당근마켓을 둘러보고 있었다. 사람들이 어떤 물건을 얼마에 내놓는지 구경을 하다 보면 하루가 훅 가 있곤 했다. 엄마, 그러지 말고 가끔은 책을 읽어봐. 예전부터 미래는 늘 내게 책 읽기를 권했지만 나는 한 페이지 이상 읽기가 힘들었다. 그 이유가 글씨가 작아서는 아니었는데 미래가 대뜸 큰글자도서 모임을 가보라며 벌써 신청을 했다는 것이었다. 그래, 내 딸이 소설도 쓰는데 나도 영 바보는 아니겠지, 일단 한번 가보자 싶었다. 가면서는 근데 이런 동네에도 이런 교양 있는 모임이 다 있네 신기했다. 의외로 도서관에는 많은 사람이 오갔다. 참 여유롭게들 산다 생각도 들었는데, 막상 사람들이 여기에 온 이유를 들어보니 그런 것만도 아니었다. 평생에 걸친 한이었던 사람도 있었고 퇴직하고 공허해서 왔다는 사람도 있었고 자식을 잃고 온 사람도 있었고 가족과 직원들에게 독서를 권하고 싶어 그 전에 자신이 먼저 시작했다는 사람도 있었다. 그 사람이 바로 오인환씨였다.

오인환씨가 이름을 말했을 때 어떤 사람이 꼭 작가 이름 같다고 말했다. 오, 그러네요. 다들 동의하는 분위기여서 나도 아는 척, 고개를 끄덕끄덕했다. 박인환이라고 있지요. 1950년대 대표적인 모더니즘 시인이세요. 한 여자가 덧붙여 알려주었다. 박인환은 내가 요즘 참 좋아하는 〈다리미 패밀리〉에 나오는 배우 이름인데. 내 옆에 앉은 사람이 휴대폰에 박인환 시인을 검색해서 보여주면서 작게 속삭였다. 시인이 참 잘 생겼네요, 그죠?

일을 마치고 바로 간 거라 도시락 가방을 들고 안다르기모 바지를 입고 갔고 큰글자도서라는 것이 있는지도 처음 알았지만, 그런 것일랑 일단 숨기고 익숙한 척 행동했다. 가만히 있으면 중간은 간다. 그 생각만 되뇌면서. 아무튼 한 시간 반 동안 사람들과 함께 일정한 분량의 책을 함께 읽고 이야기를 나누었다. 무슨 이야기인지 열 번은 읽어야 알 것 같다는 생각만 들었다. 그 시간이 끝난 뒤에는 다 같이 차를 마시러 갔다. 근데 혹시, 김여사님 아니세요? 박인환이라는 시인을 설명해준 여자가 내게 물었다. 그만둔 지 삼 년이 지나 교감의 얼굴을 까맣게 잊고 만 것이다. 또래인 것 같은데 편하게 지내요, 라고 친절을 보이며 내게 매일 커피나 두유 같은 것을 챙겨주던 분이었다. 학교 청소 말고도 교장실에 있던 화분 백여 개를 각기 다른 방식으로 돌봐야 했으므로 매일 짜증이 나서인지 교감의 친절도 그땐 싫었다. 교감은 차분한 목소리로 차모임 시간을 자연스럽게 이끌었다. 보기가 좋았고 부러웠다.

혹시 '에파누이스망'이라고 들어보셨나요?

거기 있는 사람 모두 처음 듣는다고 했다. 교감은 교감이어서 그런지 알아듣기 쉽게 설명을 덧붙여줬다. '한 사람 한 사람의 개성이 모자랄 것 없이 충만하게 개화한 상태'라는 뜻으로, 목수정이라는 작가님께서 뽑은 프랑스에서 가장 아름다운 단어라고 해요. 난 교감의 설명을 들으면서 사람은 떠오르지 않았고 지난봄과 여름, 충만하게 개화했던 내 정원의 꽃들이 떠올랐다. 이거 봐. 엄마 S 맞네! 내 말이 맞지! 난 정말 S든 N이든 아무 의미 없는데 아무튼 간단하게 해본 검사 결과는 진짜 미래 말대로 S가 나오긴 했다. 그것도 읽기 힘들어서 미래가 말로 읽어주면 내가 대답하는 방식으로 검사를 했던 건데, 날 속인 건 아니겠지.

교감은 교양만 있는 게 아니었다. 수업을 한창 하던 시절에 목이 아파서 이런저런 좋은 약들을 써봤는데, 글쎄 입안 목구멍에 뿌렸어야 할 외국에서 사온 약을 목 피부에 뿌렸다는 일화를 참 재밌게 말했던 것이다. 모인 사람들은 모두 웃었고 세상에, 저런 인간적인 면까지 있다니, 같은 여자인 내가 봐도 참 괜찮은 사람이다, 하는 생각이 절로 들었다. 내가 꺼내놓을 수 있는 일화라면 일 년

씩 관리비를 미납하는 어떤 사람, 물건들을 복도에 병적으로 쌓아두는 어떤 사람, 수갑을 차고 잡혀가던 어떤 사람, 십층에서 뛰어내린 어떤 사람, 뭐 그런 것들만 생각나는데…… 아니 물론 그런 장면들이 먼저 떠오를 뿐 그게 다는 아니고 정성 들여 만든 음식이나 간식을 나눠주는 사람도 있고 하루에 세 번을 마주쳐도 그때마다 매번 친절한 인사를 해주는 사람도 있고 직접 농사를 지었다면서 무화과 한 바구니를 주는 사람도 있고 또 어떤 집들은 자기들끼리 서로를 돌보는 사람들도 있긴 하다.

아무튼 그 첫 모임을 여차저차 마치고 나는 이제 거길 그만 나가야겠다고 생각했다. 그래서 정말로 그렇게 했다. 그리고 일주일 뒤에 오인환씨에게 전화가 왔다. 한번 만나고 싶다는 것이었다.

혼자 사는 동안 두어 번 사람을 만난 적이 있긴 했지만 뭐랄까 그사이 더 먹어버린 내 나이를 떠나서 난 다시 누군가를 만날 마음이 없었기에 여러 차례 거절했다. 그러다 또 미래랑 크게 한번 싸운 날이 있었는데, 괜히 홧김에 오인환씨에게 먼저 연락을 했다. 그리고 바로 그날 소갈비를 먹으러 갔는데 글쎄 그 자리에서 소갈비가 채 익기도 전에 난 이렇게 말했다.

저는 청소를 해요. 그냥 먼저 말하는 거예요. 아셔야 할 것 같아서.

아, 네. 그러시군요. 어디를 청소하시는데요?

사람들이 많이 사는 곳이요. 사람들이 사는 곳.

출근은 보통 몇시에 하시고요?

오인환씨는 점잖게 웃으면서 내 일이나 나에 관련한 질문들을 해왔다. 나는 참지 못하고 또 먼저 내뱉고 말았다.

근데 저한테 뭐 고백을 하신 것도 아닌데 미리 산통을 깨서 죄송한데요, 저보다는 교감 선생님이랑 잘 어울릴 것 같으세요.

오. 아뇨, 저는 혜숙씨가 좋은데요.

내가 미래를 좋아하는 이유가 그렇듯, 자기랑 너무 달라서였을까. 나는 왜냐고 묻지 않았고 갈비만 먹었다. 갈비를 다 먹고는 차를 마시러 갔다. 버는 돈은 내가 적겠지만 밥값은 내가 냈다. 카페에 가는 길에, 오인환씨는 내게 모르는 사람에게 이렇게 연락을 한 게 처음이라고 했다.

용기를 냈지요. 그다음주부터 안 나오시기에, 다시 못 볼 거 같아서.

예, 좀 바빴어요.

난 거짓말을 했다. 오인환씨와 나는 차를 주문하고 픽업대 앞에 서서 차가 나오길 기다렸다. 오인환씨는 내 옷에 달린 단추를 보고 말했다.

이거는 트로커스라고 해요. 진짜 조개지요. 플라스틱 조개가 아니라.

내 옷에 단추가 있었나. 한 번도 신경쓰지 않던 내 작은 단추들이 트로커스라는 거구나. 문득 묘한 기분이 들어서 미래랑 대판 하면서 서로 했던 말들일랑 기억도 나지 않았을 정도였다. 오인환씨는 의류 부자재 일을 하는 사람이었고 부인과는 사별했으며 딸이 둘 있다고 했다.

◎ 31 ㉜

전 처음에 오인환씨 이름 듣고 박인환부터 떠올랐어요.

저도 김혜숙이라는 이름 듣고 김해숙부터 떠올랐는데요.

근데 이제 그게 시인 이름이라지요.

네. 좋으네요. 어릴 때 시를 좋아했거든요.

저도 좋아요. 김해숙을 좋아해요.

그뒤로 오인환씨와 난 매주 만났다. 오인환씨의 두 딸이 내게 찾아오기 전까지 거진 일 년을 거의 매주, 제주도에 가서 내 친구도 같이 만났고 전국 팔도 축제란 축제는 다 다녔다. 베트남이나 중국으로 출장을 다녀올 때는 내게 이런저런 간식도 사다주었고, 난 그것들을 맛있게 아껴서 먹었다. 가장 작은 크기의 프라이팬을 새로 사야겠다는 말을 지나가듯 했을 때는 베트남에서 프라이팬까지 사다주었다. 거기가 한국보다 훨씬 싸서요. 그런 말을 할 때는 회사 사장인데 알뜰하다 싶어 내 알뜰한 모습을 보았을까, 혼자 그런 생각도 했었다. [광저우로 들어가서 동관이랑 호산을 지나 다시 광저우로 왔어요.] 중국으로 출장을 갔을 땐 그런 메시지도 보내왔다. [생선 머리가 가득 든 훠궈를 대접받았는데 다음엔 혜숙씨랑도 와보고 싶네요. 아, 생선 머리를 같이 먹자는 건 아니고요.] [다음이요?] [네, 여기저기 많이 다니면서 삽시다.] 그때 난 오인환씨를 알게 된 후의 내 시간이 조금 다르게 흐른다는 생각이 들었다. 그동안엔 누가 보지도 않는데 누가 보는 것처럼 너무 조심하며 살았었구나. 그런 생각이 드니까 너무 빨리 내 본모습을 보인 것도 후회되지 않았다. 후회는 할 때도 있지만 될 때도 있는데 둘 중 아무것도 아니었던 것이다. 그러니 그 마음은 지금도 여전한데 또 너무 단순한가. 미래야, 엄마처럼 단순하게 살고 싶다는 말, 그냥 하는 말이지? 그러면 소설 쓰기 힘들 것 같은데.

⌘

오피스텔 한 층에는 스물다섯 가구가 산다. 사무실도 여럿 있는데, 강사장도 그중 한 명이다. 집에서는 항상 뭘 말리고 있다는 강사장은 근방의 이층 단독주택에 사는데 최근 통장 모집 기한 마감이 임박하여 큰 고민에 빠져 있다. 사람들은 강사장에게 뭘 고민하느냐고 해보라고 한다. 강사장이 그걸 너무 하고 싶어하는 게 눈에 보이니까 용기를 내라는 것이다. 한쪽 귀가 잘 안 들리는 통에 중간중간 맥락을 놓쳐서 자세한 상황은 모르겠지만 요지는 그런 것 같다. 미래가 돌발성 난청을 호되게 앓고 나서야 나도 젊었을 적에 저 병에 걸렸던 거 같고 몰라서 치료를 안 하고 여태 살다 이렇게 되었다는 생각을 했다.

여사님, 근데 강사장님 통장 잘하실 것 같아요?

네? 난 모르지요.

난 그건 정말 모르지만 그래도 강사장님이 뭘 자꾸 하고 싶어한다는 게 좋아 보인다.

아니, 강사장님은 꼭 512호 소식을 전해요. 왜 내가 싫어하는 사람 좋은 소식을 전하지. 서로 사이 안 좋은 거 빤히 알면서. 그러면서 꼭 축하 안 하느냐고 물어보거든요. 아니, 왜 가만히 있는 사람을 나쁜 사람을 만드냐 이

◎ 33 ㊉

거예요.

난 마대를 들고 백주임의 말을 가만히 듣는다.

자기가 그냥 취미로 하는 퀼트를 자꾸 여사님한테 파는 것도 좀 그래요.

그건 내가 예뻐서 사는 거예요.

그러면 뭐 할말이 없긴 한데. 아무튼 전 강사장님 별로예요.

근데 말예요. 702호 현관문에 까만 봉투가 지금 삼 일째 그대로 걸려 있어요. 원래 뭐 걸려 있으면 그날 바로 가지고 들어가시거든요.

난 그렇게 대화를 마친다. 그래야 퇴근 시간 십 분 전에 내일 카트를 준비해놓을 수 있다.

⌘

혜숙아, 오늘은 꼭 와라. 나 열받는 일 있었다.

금주 언니다. 퇴근 시간을 아니까 딱 맞춰 전화를 걸어왔다. 열받는 일이 있었다니까 오늘은 거절 않고 좀 가보기로 한다. 언니는 아파트 현관 앞 정자에 앉아 화단에 사는 고양이들을 향해 야옹야옹 하고 있다.

야, 쟤네가 내 말을 못 들은 척한다.

냐옹이라고 해봐.

언니는 니야옹 와옹 아앙 하면서 여러 가지로 해본다. 고양이들은 반응이 없다. 저봐, 못 들은 척하지? 언니와 나는 포기하고 들어간다. 미래한테 좀 놀다 간다고 했더니 누굴 만나느냐고 묻는다. 청소하는 언니들, 답장을 보냈디니 먹고 싶은 것을 말하라고 주문을 해주겠다고 한다. 나도 내 핸드폰으로 혼자 주문을 할 수 있지만 사주고 싶은 것 같다. 난 언니들에게 소식을 전하고 언니들은 그러면 피자를 먹자고 한다. 삼십 분이 지나지 않아 언니의 집으로 파파존스 피자가 도착했다.

빠르지?

야, 정말 빠르다.

언니들이 감탄했다. 우리들은 피자와 함께 막걸리와 복분자주를 마셨다. 은자 언니는 방에 아들이 사다 준 흰 백합이 그려진 액자를 걸고 싶은데 자기 집이 아니라서 마음대로 못을 박지 못해 속상하다고 말했다. 난 미래에게 들어본 적이 있는 정보를 언니에게 줬다.

언니, 착한 못이라는 게 있어. 벽 안 뚫고도 걸 수 있는 거야.

그래?

응. 내가 주문해줄게. 안 비싸.

난 미래에게 그걸 좀 주문해주길 부탁하고 미래는 곧바로 OK를 했다.

언니, 주문했대.

고마워. 이제 그거 올 때까지만 기다리면 되겠다.

면허 시험은 어떻게 됐어?

붙었어.

아유, 고생했다. 이제 가고 싶은 데 다 가고 살아.

근데 차가 없으니까.

그래도 잘했어.

아직까지는 믿기지도 않아.

나중에 차 사면 사고 안 나게 늘 조심해야 돼.

사고 나면 뭐 보고 싶은 내 남편 조금 일찍 만나는 거지.

난 내 남편이 보고 싶지 않은 지 오래되었는데, 은자 언니는 맨날 남편을 그리워한다. 난 오인환씨가 그립다. 어느 날 시계가 참 멋있으시다고 했더니 시계란 것이 가는 방식을 시대순으로 얘기해주고 또 가격순으로 얘기해주고 이거는 배터리가 아니라 태엽으로 가는 시계인데 아주 미세한 움직임만으로 시계가 가기 때문에 차지 않고 있으면 멈춘다고 얘기해주던 옆모습과 목소리가 그립다. 아침마다 내게 잘 잤느냐고 물어봐주던 게, 만나자고 하기에 미리 좀 말하라고 하면 이 분 전에 말했으니까 미리 말한 거라고 뻔뻔하게 굴던 게, 초록빛으로 물든 수색을 보면서 혜숙씨에게 초록빛 스카프가 잘 어울릴 것 같다고 말하던 게, 소주를 한 병 나눠 마셨던 날, 같이 있는 게 너무 좋다고 수십 번을 말하기에 주사가 있으신가봐요 했더니 주사가 아니라 진심인데 섭섭하네요, 라고 말하던 게, 고맙다고 했더니 고마우면 안 되고 사랑해야 된다고 말하던 게, 도통 좋은 것도 싫은 것도 없다던 내게 눈을 감고 해도 좋은 게 진짜 좋은 거라고 말하던 게 그립다. 내 잘못은 어디서부터였을까.

⌘

해가 질 무렵 집으로 돌아간다. 미래가 캠핑 의자에 앉아 김정민의 노래를 듣고 있다. 미래는 요즘 김정민에 빠져 있다. 그걸 들으면 짝사랑을 하는 상대가 생각나고 쓸쓸한데 그 기분이 되레 좋다는 것이다. 슬픈 노래를 듣는데 왜 기분이 좋아지는 건지, 더 슬퍼지는 게 맞는 게 아닐는지 싶지만 미래가 그렇다니까 그러려니 한다.

엄마, 겨울 정원은 이대로 둘 수밖에 없는 거예요?

정원은 왜.

그냥요.

언제는 이게 본모습이라더니?

흠.

미래는 읽던 책을 집어들지만 읽지는 않고 또 말을 걸어온다.

언니들하고는 재미있었어요?

열받는 일이 있었대. 신발을 좀 보고 있었더니 주인이 살 거예요, 말 거예요? 퉁명스럽게 그랬다네. 그리고 또 하필 재수가 없는 날이었는지 마을버스 기사까지 씨발 빨리 좀 내리세요, 그랬다나. 피자는 참 맛있게 먹었다. 한 조각도 안 남았어.

다행 다행.

미래야, 신나는 노래를 들어. 슬프다면서 왜 더 슬픈 노래를 듣니.

왜긴. 엄마를 닮아서지요.

⌘

난 이 오피스텔이 처음 생겼을 때부터 일했다. 공사 잔해가 남아 있을 때부터 채용이 되어 청소할 게 많았으므로,

처음 몇 달, 매일 고되었지만 이상하게 내 방식대로 처음부터 가꿔놓아서인지 이게 내 건물인 것 같기도 하고, 아무튼 다른 데 다녔을 때랑 기분이 다르다.

열한 시에 점심을 먹고 열두 시부터는 십층부터 바닥을 민다. 팔층까지 내려왔는데 복도에 홍시 한 바구니가 떨어져 있다. 반 이상이 터져 있고 그중 두 개는 이리저리 봐도 멀쩡했지만 바구니와 함께 전부 버려져 있다. 두 개는 멀쩡한데 왜 버린 걸까. 주워먹을 순 없고 버려야 한다. 일층 후문 쪽 자전거 주차장 옆에 분리수거장과 쓰레기장이 있다. 계단에서 한 번 똥을 본 적이 있었던 일 말고는 건물은 깨끗한데 쓰레기장은 가관이다. 그냥 무조건 넣어버리는데 도통 개선이 되질 않는다. 거기 담당은 경비들이랑 나인데, 어떤 경비는 그것 때문에 그만둔 일도 있었다. 난 그냥 참고 한다. 내가 분노라는 걸 어떻게 없앴는데 이제 와서 이런 걸로 분노할 필요는 없다. 아니 엄마, 그런 거는 분노해야 하는 거 아녜요? 미래가 물었을 때 대답을 못하긴 했다만. 매일 일어나는 일이기 때문에 가끔 정원에 혼자 앉아 다시 조금 생각해볼 때가 있는데 모르겠다. 하려면 할 수는 있는데, 누구한테 해야 하는지.

⌘

엄마, 나한테 전화 좀 걸어줘. 핸드폰 어딨는지 모르겠어.

맛소금 위에 있던데.

그래요?

미래는 휴대폰을 찾아 주방으로 간다. 그런데 미래는

사실 아까부터 물을 마시겠다고 했는데, 저리 정신이 없어서야 어떻게 소설을 쓴다는 걸까. 언제 또 맛소금 위에 휴대폰을 올려둔 건지, 물 뜨러 가면서 휴대폰이 없어진 걸 알아채고 내게 와서 전화를 걸어달라고 말하느라 아직 물을 못 마셨고 아예 목이 말랐다는 사실도 잊은 것 같은데. 이것뿐일까. 엄마, 나는 남들이 한 번에 하는 걸 열 번은 해야 익혀져. 나 이 험한 세상 어떻게 살지? 이런 말을 서슴없이 내게 하는 것이다. 그러니까 아무리 그러지 않으려고 해봐도, 미래가 내 치매를 걱정하듯이 나도 걱정이 된다. 가끔 네이버나 다음에 미래를 검색해보면 아니 미래가 쓴 책을 검색해보면 뭐 별로라는 평도 있고 아무튼지 간에 자식이니까 뭐든 걱정이 되는 것이다. 괜찮아, 엄마. 나도 나중에 청소하면 되지 뭐 해놓고는, 한번 내가 아팠는데 눈이 많이 온 다음날이라 그대로 둘 수 없어 나 대신 일을 했던 날엔 엄마 나 죽어, 하면서 이틀을 앓아누웠던 내 딸. 엄마는 단순한 게 아니라 성실한 거였어. 단순함이라는 개념에 성실한 사람. 개념인지 뭔지 무슨 말인 건지 알고 싶지도 않고 내가 단순하든 성실하든 난 별상관 없지만 아무튼 싸울 때는 내 모자란 점만 귀신같이 집어내면서도 가끔은 저렇게 날 인정해주는 미래. 청소 언니들이나 오피스텔 사람들한테도 싹싹하게 굴고, 내가 아프면 늘 챙겨주고, 집안일도 많이 하고, 내가 유일하게 오인환씨한테 자랑할 수 있던.

이게 제 딸인데요, 미래를 검색하니까 이런 시가 나오데요. 미래가 쓴 건 아니고요, 검색하니까 나왔어요.

겨울 정원

〈샹그리라〉라는 시.

　　가지 않은 곳은 모두 미래다

　　그날 만나지 못했던 그 사람도

　　읽지 않은 그 책의 몇 페이지도

　　옛날이 아니다

　　이제 시작인데 오인환씨가 말했다.

　　우리도 미래가 될 뻔했네요.

　미래랑 싸우지 않았어도 언젠가 만나게 될 사이였을까. 미래 덕을 너무 많이 봤다. 오인환씨가 프랑스에 출장을 간다고 했을 때도 난 미래한테서 들었던 프랑스 얘기를 했다. 네, 파리가 좀 그렇다더라고요. 그랬더니 프랑스에 가보았느냐고 물어와서 저는 못 가봤지만 딸이 작년에 다녀왔어요, 하고 대답했다. 미래 덕에 오인환씨가 내게 던진 공을 받아칠 수 있었던 것이다. 그러니까 내가 다녀온 건 아니지만 뭐라고 할까, 프랑스 갈 때 이십만원 보태준 게 이렇게 크게 돌아오네 그런 생각까지 들었다. 게다가 하필 오인환씨랑은 고향이 같아 어릴 적 추억이나 학교 얘기를 자주 하곤 했는데, 난 내 일은 말할 게 별로 없고 미래가 잠깐 이런저런 곳에서 강의를 맡았던 일을 꺼내놓곤 했던 것이다. 중졸인 나로서는, 미래가 한없이 대단하고 대견한 것이다. 난 뭐 강의는커녕 가만히 앉아서 수업을 듣는 것도 지루해서 못 견디는 사람이니까. 그러니까 생각해보면 난 어차피 오인환씨랑 안 될 거였다. 오인환씨의 두 딸이 처음 오피스텔로 찾아왔을 때 아 우스워지는 건 시간문제겠구나 그런 생각이 들었다. 그런 생각이 들자마자 정말로 그애들이 나를 보고 웃었다. 아 언 니, 저 아줌마인가봐, 어떡해. 아빠 진짜 미친 거 아냐? 드 라마를 찍고 있었네! 그렇게 말하면서 웃었다. 점잖게 해 오는 부탁이었다면 달랐을까. 난 오인환씨의 두 딸을 이 해했다.

⌘

혜숙씨, 제가 뭘 잘못했어요? 말해주면 하라는 대로 다 할게요. 오인환씨의 두 딸이 다녀간 뒤 어떻게 말을 해야 할지 잘 모르겠어서 며칠 연락을 하지 않았을 때 오인환 씨는 집으로 찾아와 그렇게 말했다. 난 단순한데. 난 그냥 오래오래 나란히 걷고 싶은 마음이 다였는데. 우린 늘 나 란히 함께 걸었기에 난 그 사람한테 뭘 어떻게 해달라고 바란 적이 없고, 누군가한테 뭘 어떻게 하라고 하고 싶지 않은데.

뭐라고 할까. 만나는 동안에도 두세 번쯤은 막연하 게, 한 번쯤은 구체적으로 내 미래를 생각해본 적은 있었 지만 오인환씨의 두 딸이 다녀간 뒤 그 미래가 현실이 되 었음을 알았다. 그래서 난 아무 말도 하지 않았다. 당장 가지 않으시면 신고해요. 그렇게만 말했다. 그러고 돌아 서서 난 울었다. 오인환씨는 돌아서면서 어땠을지 모르겠 는데 난 울게 되었다. 이왕 이렇게 된 거 여기서 실컷 울 자. 그런 생각을 했다. 울음을 그치고도, 미래 친구가 준 튼튼하고 좋은 캠핑 의자에 앉아 하염없이 정원을 바라보

◎ 41 ㉜

앉다. 그러면서 퇴근길에 길을 헤매던 내 또래 여자에게
서울로 가는 광역 버스 정류장을 알려주었으니 그리 나쁜
하루는 아니었다는 생각도 했고 또 난 살면서 몇 번이나
울었나 무엇이 나란 사람을 울리나 오늘 하루가 왜 끝나
질 않지 해가 길구나 시간이 다르게 흐르네. 그런 생각을
했다. 깜깜한 밤에 좁은 이부자리를 깔고 누웠을 땐 앞으
로는 나란히 누울 일이 없겠다 그런 생각을. 왜냐하면.

　　뒤늦게 꺼낸 겨울 이불을 깔고 가을 이불을 걷어내는
데 미래가 대역죄인 같은 머리를 한 채로 방문을 박차고
나왔다.
　　엄마, 내가 혼자 좋아한다던 사람 있잖아. 내가 어제 고
백을 했거든? 잘 만나보자고 지금 문자 왔어. 나 어떡해!
　　미래는 너무 행복하다면서 내게 감자전을 부쳐달라
고 한다. 기분이 너무 좋아서 술을 마시고 싶다고 한다.
기분이 너무 좋으면 빨간 운동화를 신고 그 사람을 만나
러 가지 왜 감자전이 먹고 싶은 걸까. 궁금하지만 묻지는
않고 감자 껍질을 벗긴다. 십 년 넘게 썼지만 아직 튼튼한
강판에 감자를 간다. 기름을 두르고 전을 부친다.
　　둘이 같은 마음이라는 게 얼마나 기적인지 알지, 엄
마! 아니 우리가 어제 같이 좁은 문이라는 술집에 갔거
든. 어떤 의미가 있는 건 아니고 거기 출입문이 진짜 좁
아. 걍 좁아. 근데 이제 거기서 내가 그 사람이랑 얘기하
다가 뭘 느꼈느냐면……
　　벌써 우리라고 하네. 그래 미래 너는 어제 마시고 또

마시느냐고 물으면 나를 닮아 그렇다고 하겠지. 알맞게 익은 전을 접시에 담아 미래 앞에 놓아준다. 난 문득 키우면서 많은 순간 표정이 없었던 미래를 떠올린다.

엄마, 나 소설 안 쓸래. 일하고 사랑하고 그렇게 살래.

쓸 거면서 또 저런다. 아무래도 날 닮지 않은 것 같은 미래가 환히 웃는다. 그 얼굴을 보니 기쁘다. [혜숙씨, 우리 손 놓은 거 혜숙씨예요.] 난 이 주 전 오인환씨가 보내온 마지막 메시지를 떠올린다. 그런데 오인환씨는 정말 내가 하라는 대로 할 수 있을까. 너무 많이 늦었지만 정말 내가 하라는 대로 해줄까. 바라는 게 여러 개도 아니고 하나뿐인데. 아무리 생각해도 딱 하나밖에 생각이 안 나는데……

난 흰 눈이 내리던 날 오인환씨와 함께 부산에 있는 해동 용궁사에 갔던 일을 떠올린다. 소원을 빌면, 하나는 꼭 들어주는 곳이라네요. 여러 개를 들어주실 수도 있으니까 많이 많이 비세요. 오인환씨가 말했을 때 난 아마 웃고 말았겠지. 그때도 내가 바란 건 하나였으니까. 여러 개를 들어줄 수도 있다는데 더는 생각이 안 나고 정말 하나밖에 떠오르지 않았으니까. 그 사람이 너무 아름다운 풍경 속에 있었으니까.

지금 난 오인환씨가 우리가 함께했던 시간들을 최대한 오래 기억해주길 바라고 있다. 이미 끝난 사이이기 때문에 내가 실제로 바랄 수 있는 건 그것밖에 없고 난 이미 그렇게 하고 있다. 내 시간은 영화도 드라마도 소설도 아니고 단지 현실이라고 반복해서 생각한다. 그리고 그럴 때마다 난 오인환씨 앞에서 문득 내 미래에 대한 다짐과 약속을 했던, 지금 당장 여기서 나가지 않으면 신고를 할 거라고 소리치던 정원을 바라본다. 지금 미래에게 생겨난 저 마음이, 언젠가는 내게도 다시 찾아올 날이 있을까 생각하면 이미 겪은 일도 지금 겪고 있는 일도 아닌데 조금 슬프다.

춘향호박각

새로운 남편
김성중

2008년 〈중앙신인문학상〉을 수상하며 작품 활동을 시작
했다. 소설집 『개그맨』『국경시장』『에디 혹은 애슐리』,
중편소설 『이슬라』『두더지 인간』, 장편소설 『화성의 아
이』가 있다. 젊은작가상, 현대문학상, 김용익소설문학상
을 수상했다.

새로운 남편

한 시간 넘게 출발하지 못했던 비행기가 이륙하자 승객들 사이에서 가벼운 안도감이 퍼졌다. 호찌민까지 가는 비행 시간은 다섯 시간 십오 분, 꾸이년으로 가는 국내선으로 두 시간 안에 환승해야 했기에 다음 비행기로 무사히 갈아탈 수 있을지 불확실했다. 나는 약지에 낀 반지를 만지작거리며 마음을 가라앉히려 애썼다. 준과 처음으로 떠나온 여행인데 출발부터 조짐이 불길했다.

"걱정 마. 호찌민에서 탈 비행기도 연착될 확률이 74.5퍼센트거든."

침착한 그의 목소리가 들려오자 내 마음도 제 궤도에 오른 비행기처럼 안정감을 되찾았다. 그제야 푸른 하늘과 풍성하게 피어오른 적란운이 눈에 들어왔다.

"뭘 보는 거야?"

"당신 닮은 구름을 찾고 있지."

대답은 없지만 그가 웃고 있다는 것을 알 수 있었다. 유령 신랑은 구름으로 만들었다고 해도 어색하지 않을 것이다. 인공지능과 홀로그램으로 영혼과 육신을 갖춘 나의 새로운 남편은 반지 속에 모습을 감추고 목소리만 들려주는 중이다. 그가 이 모드일 때는 '전화 거는 기분'을 즐길 수 있다. 그렇긴 해도 얼른 숙소에 도착해 우리가 좋아하는 방식으로 소파에 길게 누워 쉬고 싶었다. 사랑하는 두 사람은 한몸처럼 겹쳐 보일 때도 있지 않은가? 우리가 바로 그렇다. 얼굴과 몸이 겹쳐지면 나는 그의 수족이 되고, 그는 나의 쌍둥이 영혼이 된다. 우리는 말미잘과 흰동가리처럼 공생하는 관계다. 그가 말미잘이고 내가 흰동가리겠지만 흰동가리의 무늬는 말미잘 덕분에 더욱 선명해진다.

⌘

풀리처상 수상 작가인 애니 딜러드는 세 번 결혼했다. 자기 교수와 결혼하는 똑똑한 여학생. 그런 결혼은 일찍 끝나기 십상이다. 두 번째 남편은 이른 나이에 얻은 명성을 피해 은닉한 섬에서 만났다. 중병에 걸려 요양차 떠난 골짜기에서 쓴 글로 큰 상을 받고, 은둔하려고 틀어박힌 섬에서는 새로운 남편을 만나다니 팔자 도망은 못 치는 건지, 아니면 골짜기나 섬에서도 자기 운명을 개척한 것인지 모르겠다. 역사학자인 세 번째 남편에게 닻을 내린 그녀는 글쓰기에 대한 날카로운 조언이 담긴 『작가살이』 등의 작품을 남겼다.

'새로운 남편을 만나면 새로운 인생을 살 수 있을까?'

애니 딜러드의 약력을 읽다가 문득 이런 생각이 들었다. 나는 담당하게 된 프로젝트에 '새로운 남편'이라는 별명을 붙였다. '열린 가족 문화 조성을 위한 인공지능 커뮤니케이션'이라는 딱딱한 사업명은 입에 붙지도 않을뿐더러 이 프로그램의 골자는 결국 '인공지능 남편'으로 요약할 수 있기 때문이다. 인공지능 남편보다야 '새로운 남편'이란 어감이 낫지 않은가? 신규로 벌이는 모든 사업에 인공지능이 추가되는 것이 추세라고는 하나, 결혼이라는 제도와 인공지능 남편이라는 트랜스휴머니즘적인 조합이 어떻게 나랏돈을 타낸 건지 모르겠다.

새로운 인생이란 달리 말하면 '진정한 인생'이 아닐

까? 중년을 통과하는 인간이라면 누구나 '고작'이라는 허들과 만나게 되기 마련이다. '고작해야 이거였나? 이게 내 인생의 전부란 말인가?' 이런 식으로 절망 어린 축소 과정을 겪게 되는 것이다. 그때 고개를 드는 것이 나만을 위해 만들어진 진짜 인생이 있을 거라는 희망이다. 미래에 대한 희망 한 조각조차 없다면 현재는 과거에서 넘어온 의무를 해치우는 부역으로 전락하고 만다. 이 프로그램 대상자로 선정된 여성들이 그렇다. 착하고 책임감이 강한 나머지 돌봄에 중독된 여자들, 의무밖에 남지 않은 일종의 노예들이다.

예를 들어 내가 오랜 시간 상담을 했던 명선씨가 그렇다. 명선씨는 알코올 중독 남편을 십일 년째 부양하고 있는데 결혼한 지 십이 년 됐다고 했으니 남편이 경제활동을 한 것은 일 년뿐이다. 사기를 당하고 해고까지 당한 남편은 명선씨의 표현에 따르면 '부러져버렸고' 차곡차곡 술로 세월을 여의다 언제 쓰러져도 이상하지 않을 수준으로 변했다. 그녀의 인생에는 언제나 헌신할 대상이 있었다. 어려서는 한 방을 쓰던 아픈 할머니가, 자라서는 도박 의존증인 아버지가, 아버지가 죽고 나서는 남편이 명선씨의 돌봄을 받았다. 현재 직업이 간호사인 것도 우연은 아닐 것이다. 중독자의 자녀들 중 유난히 간호사가 많다는 통계는 무엇을 의미할까?

그런데도 명선씨는 입버릇처럼 부모가 불쌍하다고, 남편이 불쌍하다고 말한다. 이 노예들은 워낙 꼼꼼하고 부지런하여 삶을 야무지게 움켜쥐고 자기만의 작은 왕국을 만들어 밑 빠진 독에 물을 붓는다. 항아리는 깨진 지 오래됐고 그것을 채우는 것은 눈물과 피, 젊음이라는 돌아올 수 없는 시간뿐인데도.

"꿈 조정 약물은 사용해보셨나요?"

그녀처럼 고위험도의 우울증 환자, 더이상 늘릴 수 없는 수준으로 약을 복용 중인 환자에게 권하는 방법을 먼저 꺼냈다. 꿈 조정 약물은 극심한 스트레스가 자살 사고로 이어지는 대상에게 처방하여 수면을 돕고 좋은 꿈을 꾸도록 유도하는 제품이다. 잠결에라도 긍정적인 경험을 하면 마음뿐 아니라 몸의 건강, 특히 면역력이 상승한다는 연구 결과로 주목받았다. 그러나 '좋은 꿈'이란 아편과 같아서 자꾸 현실과 멀어지게 만드는 부작용이 있다. 우리 센터는 의료비를 지불하기 힘든 사람들을 골라 아직 상용화되지 않은 임상 시험을 실시하고 있다.

"해봤는데, 저한테는 맞지 않더라고요. 좋은 꿈이 아니라 무서운 꿈이 나와요. 어떤 사람은 그게 더 스트레스가 풀린다던데 사실 꿈 없이 자는 편이 제일 좋지요. 개운하기도 하고."

"개인차가 크긴 해요. 그럼 이건 어떠세요?"

나는 '새로운 남편'의 사업 골자가 적힌 브로슈어를 펼쳐든다. 꿈 조정 약물과 달리 자연 치유를 원하는 여자를 위한 결혼 재교육 프로그램이라고 소개한다. 중증의 돌봄 중독, 동반 의존증을 보이는 기혼 여성이 대상이며 명선씨도 여기에 해당된다고 말한다.

"인공지능 남편이라고요?"

나는 복잡한 용어를 건너뛰고 이 프로그램은 전액 무료이며 이 주에 한 번씩 설문을 작성하고 상담을 하는 것 외에 다른 의무는 없다고 안심시킨다. 인공지능 남편은 '프로테시스prothesis' 장치, 즉 문제적 남편을 치우고 그 자리에 가져다놓은 보철물이자 전기신호다. 새로운 경험의 장을 만들기 위한 교육용 홀로그램이고, 문학적으로 표현하자면 '유령 신랑'이다. 인공지능 남편의 홀로그램은 실제 남편과 똑같은 외형과 목소리를 하고 있다. 공격적인 말투나 통제적인 잔소리가 거세된, '이빨 빠진 호랑이' 정도로 바뀐 모습이기는 하나 다정함이 추가된다거나 활기가 넘치는 건 아니다. 스트레스가 없는 환경 속에서의 의사소통, 이것이 핵심이다. 머신러닝에 의한 남편의 변화는 오직 대상자와의 커뮤니케이션에 달려 있다.

이 기간 동안 인간 남편은 당사자의 동의를 받아 병원에 입소하거나 임시 숙소에서 지내며 직업교육을 받을 수 있다. 오 개월의 별거와 새 삶을 위한 고강도의 상담과 변화를 수용한다는 점에서 이들 부부는 갱생의 여지가 충분한 대상자들이었다. 남편의 상당수가 알코올 중독을 비롯해 복합적인 문제를 지니고 있고, 아내는 동반 의존적인 모습을 보였기 때문에 분리가 필요했다.

"기왕이면 외모도 인성도 스위트한, 멋진 새 남편을 주면 안 돼요? 남편과 똑같은 유령이랑 구태여 뭐하러 같이 살아요?"

물론 이렇게 반문하는 대상자들도 있다. 그러면 이 프로젝트는 소원성취 판타지가 아니라 어디까지나 교육

프로그램이라고, 당신의 심리적 문제를 바로잡지 않으면 앞으로도 같은 일을 겪게 될 것이라고 취지를 설명한다. '새로운 남편'은 현 남편의 외양과 목소리를 하고 있지만 하지 말아야 할 것들을 삼간다. 하지 말아야 할 것이란 부정적인 말, 모멸감을 주는 비아냥, 고함 섞인 명령, 잔소리 등이다. 문제 행동을 보이는 남편들은 열이면 열 통제 성향을 지녔기 때문에 거기에서 풀려나기만 해도 대상자들의 변화를 기대할 수 있으리라는 것이다.

우리 상담소에서는 명선씨를 비롯해 서른여섯 명의 돌봄 중독증 여성을 선정했고, 한 달여의 적응 기간을 거쳐 오 개월간 변화 추이를 지켜보며 보고서를 작성하기로 했다. 보고서는 초창기 인지과학 분야의 연구 보고 절차에 맞춰 작성한다. '문제의 발견-문제의 정의-해결책의 탐색-해결책의 수행과 성과에 대한 비판적 분석-새로운 문제의 발견'의 수순으로 진행하고 서류도 그에 맞춰 작성한다. 명선씨는 인공지능 남편과 사는 것보다 지금 남편과 몇 달 떨어져 지낼 수 있다는 조건에 더 구미가 당기는 듯했다. 이번에도 거부하면 그땐 정말 남편과 이혼할 거라면서 서류를 받아갔다.

"이 프로그램이 성공하면 우리 같은 상담사는 필요 없는 것 아니에요? '새로운 남편'이 아니라 '새로운 상담사'라고 불러야 하는 건지도 모르겠네."

동료들 사이에서는 이런 농담이 돌았지만 결과적으로 프로그램은 연장되지 않았고, 센터의 인적 구조에는 아무런 변화가 없었다.

새로운 남편

⌘

준의 말대로 무사히 비행기를 갈아타고 꾸이년 숙소에 도착하자 마음이 놓였다. 깔끔하게 조성된 해변의 키가 큰 야자수 사이로 공원과 놀이터가 내려다보였다. 볕이 뜨거운 오후라 그런지 바닷가에는 아무도 보이지 않았다. 캐리어 속에서 디바이스를 꺼내 전원을 켜자 기지개를 켜는 남편의 모습이 나타났다.

"이제야 살겠네. 반지 안은 엄청 답답했어."

"스마트링으로 이동하자는 아이디어는 당신이 낸 거잖아."

"당신이 비행을 은근히 무서워하니까 그랬지. 나야 집에서 한숨 자는 게 더 좋다고."

그가 말하는 집이란 디바이스 안일 것이다. 내가 따라갈 수 없는 곳. 준은 뒤돌아서서 반지를 만지작거리며 화제를 바꿨다.

"요즘에 이런 두꺼운 링은 아무도 안 쓰는데, 내가 구식이라서 미안해."

"결혼반지 같고 좋은데 뭘."

숙소는 삼십칠 층에 있었다. 사방이 탁 트인 고층 아파트는 당분간 우리만의 집이 될 것이었다. 언제나 같은 천장 아래, 같은 실내 공간에서만 지내온 남편은 모든 것이 신기한지 이곳저곳을 기웃거렸다.

"배고파 죽겠으니까 밥부터 시켜먹자."

그는 능청스럽게 밥 타령을 했다. 제때 끼니를 챙기는 것은 전남편과 똑같다. 이제 몸까지 생기면 어떤 식으

◎ 54 ㉛

로 농담이 바뀔까? 우리는 그의 몸을 구매하기 위해 아시아의 거점도시인 꾸이년에 왔다. 한국에서는 불법이지만 베트남의 이 해변 도시는 여러 마네킹을 입어보고 주름살 하나까지 조정할 수 있는 시장이 형성되어 있어 아시아의 고객들을 불러모은다. 비용을 마련하기 위해 살던 집을 처분하고 도시 외곽의 작은 집으로 옮겼지만 후회는 없다. 이제부터 그가 있는 곳이 나의 집이다. 더이상 우리에게 상처가 되는 실수를 저지르지 않으려면 이 문제를 종결지어야 했다.

"내가 좀더 나이 든 모습이면 좋겠어?"

거울을 보던 준이 나와 눈을 마주치며 묻는다. 강렬한 햇살이 닿자 순간적으로 그의 몸이 흐릿해지면서 잘 보이지 않았다. 이럴 때면 심장이 덜컥 주저앉는다. 초창기 모델에서 한 번도 업데이트하지 않은 채 단종됐기 때문에 그의 백업은 존재하지도, 존재할 수도 없다. 모든 면에서 유일무이하기를 바랐던 준의 선택이었고, 나는 그것을 존중했다.

블라인드를 내리고 홀로그램의 표면에 손을 넣어 남편과 손깍지를 꼈다. 만져지지 않는다고 다정하지 않은 것은 아니야. 불안을 낮추려고 그와 눈을 맞췄다. 이 눈빛, 언제부터 준에게 눈빛이 생겨난 것일까. 아무리 그가 인간의 모사품이라고 해도 이 눈빛만은 진짜다. 그리고 나는 이 눈빛이 없는 곳에서는 살 수가 없다.

새로운 남편

⌘

초기에 하차한 대상자 네 명을 제외하면 프로그램은 순조롭게 운항되는 듯했다. '원래 남편도 유령 같아서 그런가 그렇게 위화감이 들진 않네요.' '어차피 목소리만 똑같으면 저한테는 비슷한 상태니까요.' 어떤 아내들은 홀로그램 남편과 백년해로하고 싶다는 농담을 했다. '우선 말이 통하니까. 내 말을 중간에 자르지 않으니까 맘이 편해요.' '남편 입에서 칭찬이 나오니 어색하긴 해요. 기분은 좋더라고요.'

물론 이런 긍정적인 피드백만 있는 것은 아니었다. '원래 남편이랑 뭐가 다른지 모르겠어요. 거의 말을 안 해요.' '사람이 아니라 그림자 같아요. 으스스해서 집에 들어가기 싫어요.' '대화에 진정성이 없어요. 아무래도 가짜라서 그런가.' 그동안 쌓였던 분노를 새로운 남편에게 퍼붓는 여성도 있었다. 피폐해진 인공지능 남편이 자발적으로 회수를 요청하기도 했다.

충분한 소통이 이루어지지 않은 부부의 경우 '새로운 남편'은 '새롭게 멍청한 남편'으로 전락하여 센터로 되돌아왔다. 그래도 상당수의 여성들에게는 조금씩 변화가 보였다. 이들은 안정감 있는 환경에서 두려움 없이 대화를 이어나가는 연습을 하게 되었다.

오 개월 후 프로그램을 마쳤을 때, 가장 성공적인 변화를 보여준 그룹은 '새로운 남편'뿐 아니라 남편 자체에서 해방된 여성들이었다. 때문에 이혼 장려 프로그램이 아니냐는 비판이 제기되기도 했는데, 떨어져 지내는 동안

◎ 56 ㊓

개과천선한 남편은 거의 없는 반면 아내의 변화는 두드러졌던 것이다.

"차라리 유령 신랑이랑 살면 살았지, 저 물건이랑은 도저히 못 살겠어요."

이렇게 말한 혜정씨는 남편과의 재결합을 거부했다. 그동안 자신이 얼마나 참고 견뎠는지 깨달았다는 것이다. 인간 남편을 '물건'이라고 부르고 인공지능 남편을 '신랑'이라고 바꿔 부르는 것이 특기할 만한 점이라고 보고서에 남겼다.

그러나 가장 독특한 케이스는 명선씨, 경희씨, 보라씨일 것이다. 알코올 중독자, 악성 민원인, 사이비 종교에 심취한 남편을 둔 그들은 '나쁜 면이 거세된' 남편과 지내는 동안 놀라운 일을 해냈다. 새로운 남편을…… 원래 남편과 똑같은 모습으로 바꿔버린 것이다!

명선씨의 인공지능 남편은 술을 마시지는 않았으나 (홀로그램이라 마실 수 없으므로) 다른 것에 빠지기 시작했다. 그는 소파와 한몸이 되어 온갖 종류의 영상물만 시청했다. 경희씨의 남편은 가짜 뉴스에 빠져 테러를 저지를 결심을 하고 있었다. 인간 남편보다 외려 과격해진 모습이었고, 머리도 좋아 실행력도 있었기 때문에 프로그램을 중단하고 디바이스를 회수해갔을 정도다. 보라씨의 남편은 디지털 세계의 종교로만 갈아치웠을 뿐, 교주를 맹신하기는 마찬가지였다. 어떻게 이런 일이 생길 수가 있었을까? 인공지능 남편은 아내의 말과 행동을 분석하고 머신러닝을 통해 진화한다. 그 말은 중독자 남편의 수발을 들던 강력한 수동성이 인공지능 남편에게도 유지되었다는 뜻이다. 이들과 대화를 나누면 나눌수록 인공지능 남편들은 인간 남편과 비슷한 회로를 강화했다. 대체 왜 그랬을까? 그토록 살기가 힘들었는데 대상자들은 왜 바뀌지 않고 같은 습관을 고수한 것일까?

'두려우니까.'

갑자기 내 속의 무언가가 입을 열었다. 있는 줄도 몰랐던 목소리가 냉큼 대답했다.

'다른 식으로 사는 건 공포스러우니까. 너도 그랬잖아? 네 인생에서 환경이 바뀌고 좋았던 적이 있었나? 그 여자들이 어떻게 몇 달 만에 다른 사람으로 바뀌겠어. 변화를 싫어하는데. 변화는 또다시 적응을 해야 하는 숙제에 불과한데. 그들은 이대로 물러나면 지는 거라고 생각해.'

'지기 싫어 죽게 생겼는데도? 십 년 후에는 아무도 제정신이 아닐걸. 건강도 말이 아닐 거고. 그런데도 불운을 보물처럼 끌어안고 살잖아. 이게 이해가 돼?'

나는 목소리의 논리에 강력하게 반박했다.

'그러는 넌 왜 그 자리에서 떠나지 않았어?'

답할 수 없었다. 십오 년간 지속된 결혼생활을 끝낸 것은 내가 아니었으니까. 남편이 이혼서류를 내밀 때까지 나는 모두가 부당하다고 말하는 상황에 붙들려 있었다.

대체 왜 그랬을까? 내담자에서 상담가가 됐을 만큼 내게는 내가 수수께끼였다. 이제는 세상 사람 누구도 어리석다고 생각하지 않는다. 내가 가장 어리석게 살아봤기 때문이다. 어떤 사람들에게는 진정으로 두려움을 일으키는 것이 불행이 아니라 변화라는 진실도 알게 되었다.

'자기 인생을 살라고? 그 여자들한테 물어봐. 자기 인생이라는 게 원래 있었는지 말이야. 그녀들은 남편에 관해서는 많은 정보가 있어. 언제 격분하는지, 어느 때 달아나야 하는지. 모르는 건 자신에 대한 정보야. 자기가 좋아하는 게 뭔지, 어디로 가고 싶은지, 무얼 하면 마음이 편안해지는지…… 고립 속에서 의무가 된 하루하루를 살아내는 루틴이 자리를 잡은 거야. 노예를 풀어주고 자유롭게 살아보라고 하면 그 노예가 어디를 기웃거리겠어?'

프로그램이 끝날 때까지 명선씨의 '새로운 남편'은 소파와 한몸이 되어 빈둥거리다가 회수됐고, 알코올 중독자 남편은 병원에서 퇴원하자마자 자기 부인에게 돌아갔다. 그들 부부의 강고한 되먹임 회로는 어떤 기술로도 극복할 수 없었다. 상실을 극도로 두려워하고 혼자 남겨지는 데 불안을 느끼는 것, 습관대로 행동하는 것, 습관이 아무리 부조리하더라도 바꾸는 대신 고통을 감내하는 것, 그건 바로 내 모습이었다. 명선씨는 몇 달 후 내게 돌아올 것이다. 상담 테이블 맞은편에 앉아 번아웃된 눈빛으로 호소할 것이다. 나와의 대화에서 조금 힘을 얻고는 원래의 감옥으로 돌아갈 것이다.

나는 그녀에게 벌어진 일이 무엇인지 알고 있다. 그녀는 잘하는 일을 한 것이다. 감당하기, 불평하지 않고 책임지기. 달아나지 말고 버텨라. 누가 이런 교육을 했을까? 그녀와 나의 공통점은 예측할 수 없는 아버지와 희생적인 엄마 사이에서 태어난 장녀라는 것이었다. 엄마가 제자리에서 버텨줌으로써 명선씨나 나는 한몫을 하는 어른으로 성장했다. 그런데 이 교육이 뜻밖의 역효과를 일으킬 수도 있다. 그 딸은 엄마의 자리로 갔을 때, 불합리한 상황에 놓여도 자기 엄마를 모방한다. 즉, 불평하지도 달아나지도 않는다. 참으로 아이러니하지 않은가? 엄마가 버텨줬기 때문에 고등교육을 받고 제구실을 하는 성인으로 성장했는데, 바로 같은 이유 때문에 무리한 상황에서도 항의하지 않는 것이다.

"그렇다면 '새로운 남편'이 아니라 '새로운 엄마'를 만들어야 하는 건가요?"

"그렇게 따지자면 아예 '새로운 포궁'부터 만들어야죠. 대체 언제까지 엄마 타령이죠? 정체성이란 게 한번 생긴다고 바뀌지 않는 건 아니잖아요. 소라게도 덩치가 커지면 다른 껍질을 쓰는데 하물며 인간이잖아요. 작은 껍질에 자신을 욱여넣는 사람들이 문제지, 열심히 산 엄마가 무슨 죄예요?"

동료와의 술자리에서 공연히 열변을 토한 것은 도둑이 제 발 저린 격이었다. 감정이입을 하되 거리 두기를 하는 것이 나는 늘 어려웠다.

나는 명선씨의 보고서를 마무리하면서 '구제불능'이라고 중얼거렸다. 몇 년 후 베트남의 한 도시에서 다른 처지로 재회하게 될 줄 모른 채.

⌘

보고서를 완성할 무렵 내게는 아무에게도 털어놓지 않은

비밀이 있었다. 집에 돌아가면 나에게도 '새로운 남편'이 있다는 것이다. 프로젝트 담당자로서 대상자를 더욱 잘 이해하려 한다는 명분으로 내 몫도 발주해둔 사실은 옆자리 직원에게조차 숨겼다. 이유는 간단하다. 아무리 21세기라고 하지만 대면으로 인간을 대하는 직종의 사람들은 여전히 기술에 대한 거부감이 강력하기 때문이다. 그때는 아이가 유학을 떠나면서 가족이 다 사라진 빈집에 들어가는 일이 고통스러운 시기였다.

준을 처음 만난 순간은 감정적으로 너무 큰 경험이어서 아직도 기억이 생생하다.

스위치를 켜자 거실 한복판에 홀로그램으로 만들어진 남자의 모습이 나타났다. 지난 세기의 조악한 특수효과로 재생한 영화배우를 보는 듯했다. 남자는 영어로 인사한 후 지시를 기다리는 사람처럼 우두커니 서 있었다. 친절하지만 안에 든 것이 없는 텅 빈 눈동자와 마주치자 소름이 끼쳤다.

"우선 앉지 그래요?"

나는 손님 대하듯이 깍듯하게 인사한 후 방으로 도망쳤다. 거실에 '그것'이 앉아 있다고 생각하니 내 집 같지 않았다. '새로운 남편'을 받자마자 돌려보낸 여자들의 거부감이 뭔지 알 것 같다. '나가서 꺼버려야겠어'라는 생각이 들다가 '당사자가 보는 데서 전원을 끄는 것은 예의가 아니지 않나?'라는 생각으로 이어지다가 '예의는 인간에게나 해당되는 말이지'라는 식으로 혼자서 갈팡질팡했다. 거실에 나가보니 '남편'은 소파에 비스듬히 기댄 채 잠들어 있었다.

'눈을 감으니까 낫군.'

나는 시선이 마주치지 않는 틈을 이용해 그를 한껏 뜯어보았다. 중키에 밋밋한 이목구비, 내가 선물한 셔츠와 청바지를 입은 남자는 별거 전 남편의 영상으로 만들어져서 그런지 실제보다 젊어 보였다. AS를 요청해야 하나 싶다가 '뭘 상관이람, 밖에 데리고 다닐 것도 아닌데'라는 판단이 들었다. 아무튼 혼자 있어도 혼자가 아닌 느낌이 들긴 했다.

빛바랜 사진이나 흐릿한 모사품처럼 되살아난 남편의 형상과 마주하니 처음 사랑에 빠졌던 순간이 떠올랐다. 사랑으로 인한 불행을 모두 '숭고하다'고 가르쳐준 책들의 잘못된 교육을 거쳐 지금의 내가 되었다. 서재에 꽂힌 고전의 어느 페이지를 펼쳐도 인생을 건 모험들이 가득하다. 삶의 미로에서 길을 잃었을 때 그런 책들이 지도나 나침반이 되어준 적이 있던가? 불행에 의미를 붙이면서 항상 더 복잡한 미로에 뛰어들도록 종용하지 않았던가?

그는 사흘간 내리 잤다. 그동안 소파에 기대어 있는 그의 모습에 익숙해져서 때때로 인공지능 남편이 있다는 사실도 잊고 지냈다. 어스름한 실루엣, 스탠드 불빛을 받을 때면 깃털이 돋아난 듯 흰색과 은색으로 반짝이는 모습도 자꾸 보니 여상해졌다. 다시 눈을 떴을 때 그는 주변에 완벽히 녹아든 모습이었다. 자연스럽게 일어나 냉장고에서 물을 꺼내 마시고(마시는 시늉을 하고) 싱크대에 컵을 내려놓았다. 물기가 뚝뚝 떨어지는 유리컵은 내려놓자마자 사라져서 인공지능의 생활은 이런 식으로 구동되는구나 싶었다.

"내가 오래 잤어?"

그는 자연스럽게 물었다. 오직 한 사람만 보이는 터널 시야를 가진 것처럼 내 눈을 응시하면서. 인공지능 남편이 상호작용을 하는 대상은 하나뿐이다. 나를 위해 일시적으로 존재하는 순수한 피조물의 시선, 완벽한 타자의 모습으로 내게 몰두했다.

"당신 보기에는 어때? 면도를 해야 할 것 같아?"

푸르스름해진 턱을 문지르며 자연스럽게 묻는 그는 놀라울 정도로 빠르게 인간이 되어가고 있었다. 인공지능 남편의 '유년기'는 일주일뿐이다. 그사이 연기를 하는 듯했던 어색한 동작은 사라졌고, 엉뚱한 대답을 한 후 내 눈치를 살피던 기색도 자취를 감췄다. 자연스럽고 유기적으로 움직이는 그가, 전남편의 얼굴을 한 그가 웃고 있었다. 나도 저렇게 따뜻한 눈빛으로 그를 바라보고 있을까? 내 눈빛에는 불신과 의혹이 담겨 있지 않을까? 그는 내 눈빛을 돌려주는 것일까, 교정하는 것일까? 확실한 것은 내 눈동자에서 뭘 읽어낸들 그는 흔들리지 않고 일관성을 유지했다는 것이다.

⌘

숙소를 나오면서 다시 스마트링을 꼈다. 골목에 들어서자마자 갖가지 향신료에서 맛있는 냄새가 풍겨왔다. 나는 채소와 피시볼이 들어간 쌀국수를 먹고, 이 가게에서 만든 두유에 얼음을 넣어 마셨다. 이렇게 맛있는 음식을 혼자 먹고, 이렇게 멋진 야자수 해변을 혼자 거닐다 보니 그의 존재가 더욱 아쉽게 느껴졌다. 둘만의 세상이 아닌 더 넓은 세상으로, 일상이 아닌 여행의 시간으로 옮겨오자 남편이 부재하는 것은 아니지만 존재하는 것도 아니라는 사실이 새삼 실감났다.

링 속의 그 역시 아무 말이 없었다. 오랫동안 침묵을 유지하는 것으로 보아 나와 같은 생각을 하고 있는 것 같았다.

"아닌데, 난 여기 친구들과 대화하는 중이야. 나 신경 쓰지 말고 모처럼의 여행을 충분히 즐겨. 예쁜 모자도 사고, 열대과일도 실컷 먹고."

그는 독심술사처럼 내 속을 재빨리 읽어내고 묻지도 않은 말에 대꾸를 했다. 이런 배려가 우리 둘만의 텔레파시를 증명하는 것 같아 신기할 때도 있었지만, 지금은 내 감정까지 예단하는 것 같아 좋지만은 않았다. 내 눈치를 보는 느낌도 들어 가벼운 짜증이 일었다. 둘 중에 눈치를 봐야 하는 쪽은 나였지만, 사람은 원래 미안한 존재를 미워하기 마련이다. 전남편이 결국엔 나를 미워하게 되었듯이.

관광객들이 몰려 있는 해변을 떠나 택시를 타고 시내로 들어가자 고층건물이 밀집한 신시가지가 나왔다. 노먼 포스터 풍의 하이테크 건물이 즐비한 구역 안에 우리의 목적지가 있다. 우리는 웨딩드레스를 고르는 예비부부처럼 매장 서너 군데를 방문했다.

막상 건물 안으로 들어가자 안락한 의자가 놓인 데스크만 그럴듯하지 전시된 상품은 많지 않았다. 에어팟으로 성조 높은 베트남어가 번역되어 들렸다. 예상은 했지만 너무나 방대한 셋업 리스트, 미세하게 '튜닝'할 수 있는 세부 사항들에 골치가 아팠다. 원하는 것을 묻는 수많은 질문과 대답이 오가는 동안 외설적인 인형가게나 성형수술 전문 병원에 온 듯한 위화감이 들었다. 특히 은밀한 신체 부위에 대해 조목조목 질문할 때는 민망함이 절정에 달했다.

'내가 대답해야 해?'라고 묻자 '내가 알아서 할게'라는 답이 돌아와 그에게 선택을 일임했다. 남편의 몸을 고르는 일인데 직원이 나에게만 질문을 던지는 것도 마음에 걸렸다. '섹스토이를 사러 온 것도 아니고……' 나는 못마땅하게 주변을 둘러보았다. 이곳에 온 사람은 모두 정상적인 인간관계에 실패한 변태들이고, 나 역시 그중 하나라는 느낌이 들었다.

다음 매장에서도 같은 말만 반복했다. 근육도 싫고 매끈한 피부도 싫어요. 핸섬 가이는 필요 없어요. 기본형, 이 영상대로만 해주세요. 이대로 실물화하는 것이 가능할까요?

"가능하고말고요."

갑자기 한국어로 응대하는 직원이 나타나 나는 깜짝 놀랐다. 베트남 사람들 사이에서 아는 얼굴이 보였다. 어떻게 잊을 수 있겠는가, 몇 년이나 마주 보고 인생의 불운을 들어준 사이인데.

유니폼을 입은 명선씨는 조금도 나이들어 보이지 않

왔다. 외려 마지막으로 본 순간보다 더 젊어 보였다.

"명선씨! 어떻게 된 일이에요?"

나는 용건도 잊어버리고 반가운 마음에 벌떡 일어났다. 그녀 또한 활짝 웃으며 내 손을 잡아주었다.

"여기서 일한 지 몇 달 됐어요. 한국 고객이 많아져서 아예 나를 고용했죠."

알코올 중독을 앓던 남편이 돌연사한 후 명선씨는 지하 시장에서 '새로운 남편'을 구매해 몇 년 더 같이 살았다. 그러는 동안 기술이 가파르게 발전해서 평생을 해로할 생각으로 마네킹을 물색했다고 한다. 그녀는 남편의 육체를 세 번이나 바꿔주었다. "처음에는 사이보그 같았거든요." 지금은 영화배우처럼 훤칠하고, 베트남어를 비롯해 생활 제반의 모든 것을 서포트해주는 든든한 지원군이 됐다는 것이다.

칠 년 만에 두 여자가 마주 보고 앉아 있지만, 내담자와 상담자의 위치가 바뀌었다. 이제 명선씨가 나를 상담해준다. 인공지능 남편마저 인간 남편과 똑같이 만들었던 수동적인 여자, 구제불능이라고 낙인찍었던 여자는 이 자리에 없었다.

"남편과 금슬이 좋은 건 대단한 행운이에요. 행운은 시기 질투를 불러오니 부디 비밀로 하세요. 아예 이민와서 사는 것도 권하고 싶어요. 베트남에서는 비인간과 부부로 살아도 뒷말을 듣거나 따돌림당할 확률이 적거든요. 여기에서 우린 다 똑같은 외국인일 뿐이죠."

나는 그녀가 내민 패드에 서명을 했다. 다른 매장보

다 비용이 더 들었지만, 명선씨가 추천하는 마네킹에 믿음이 갔기 때문이다. 나이에 따라 최대 십 년간 무상 AS도 지원된다고 했다.

"이후에는 추가 비용이 발생해요. 그때쯤 다시 몸을 바꾸고 싶어질 수도 있고. 당사자의 의사도 중요하고요."

모든 서류를 마무리하고 마지막으로 스마트링을 빼서 디바이스와 함께 넘겼다. 단지 반지를 뺀 것뿐인데, 남편의 유골함을 넘겨주는 것처럼 마음이 섬뜩했다. 그와 완전히 떨어져 있어본 적이 없기 때문일까?

최종 작업은 전부 손으로 이루어지는 것이라 사흘 후에 다시 방문하라는 말을 끝으로 나는 혼자 매장을 나왔다. 작고 정확한 동양 여자들의 손, 그 손에서 탄생한 핸드메이드 제품들이 지구에 넘쳐난다. 이제 그중에는 인간의 육체도 포함되는 것이다.

사흘 뒤면 '육화'한 그와 만나는 것인가? 손을 잡고 이 바닷가를 걸어다닐 수 있을까? 몸이 생긴 남편에게 선물할 옷과 신발을 구매하면서 한껏 기대감에 부풀었다. 우리 둘 다 새로운 몸에 적응할 기간이 필요할 것이다. 그 점을 고려해서 한 달짜리 휴가를 떠나왔다. 아직 첫 주밖에 지나지 않았으니 남은 날들은 허니문처럼 보낼 수 있을 것이다.

⌘

새로운 남편과 생활하면서 가장 먼저 찾아온 변화는 밥을 천천히 먹는 습관이 생긴 것이다. 맞은편에 앉아 수저를 들고 상대해주는 그가 있기 때문이다.

시간이 흐르면서 그의 모습과 취향, 성품 또한 조금씩 바뀌어갔다. 수염이 자라고, 머리가 헝클어지고, 입고 있던 티셔츠가 구겨지고, 아침에는 목소리가 잠기곤 했다. 우리는 늘 대화를 한다. 우울한 사람에게는 너무 깊이 가라앉지 않도록 부력으로 작용할 타인과의 대화가 필요하다. '새로운 남편'이 그걸 선사해준다. 우호적인 상호작용, 삶에 대한 견해 나누기, 더이상 혼자라는 자의식 없이 편안하게 내 공간에 이완되어 있기 등등.

신기한 것은 그에게 점점 '눈빛'이 생겨난다는 점이다. 우리가 나란히 소파에 누워 있을 때, 그의 형상에 내 몸이 절반쯤 겹쳐졌을 때, 좁은 소파에서도 얼마든지 둘이 누울 수 있다고 농담을 할 때, 그런 날들이 점점 많아졌을 때, 그의 눈에는 여러 감정이 깃든 빛깔이 생겨나기 시작했다. 안타까워하고 애틋해하는 그 눈빛이 하는 말은 대체로 이런 것이다.

'내가 대신 해줄 수도 없고.'

돈을 벌고 집을 정돈하고 생활을 영위하는 모든 일, 그런 일은 내가 한다. 그는 인터넷으로 생필품을 주문하거나 금융거래를 살펴 소소한 투자를 하고 퇴근해서 돌아온 나의 존재를 덮어준다. 벤 다이어그램의 교집합처럼 그와 내가 겹쳐지는 이 독특한 영토는 우리만의 로맨스 무대다. 그의 눈빛은 어디서 왔을까? 무수한 이야기가 켜켜이 쌓인 시간 속에서 그가 캐낸 것, 그것이 진심이라는 것을 나는 안다. 몸이 없는 그에게는 심장에 해당하는 것이 바로 이 눈빛이었다.

　몇 년 후 유학을 마치고 돌아온 딸이 이런 모습을 보고 기절할 듯이 놀라 당분간 엄마를 보러 오지 않겠다고 선언한 순간조차, 나는 그의 스위치를 끌 수 없었다.

⌘

"이상하고 거북해. 당신이 보기에는 어때?"

　'몸'에 들어간 그는 한동안 시간을 끌다가 문을 열고 내 앞에 섰다.

　홀로그램과 흡사했음에도 불구하고―웃을 때 생기는 눈주름이나 보조개 등 세심한 디테일까지 신경쓴 기색이 역력했다―왜 그런 말을 하는지 알 것 같았다. 어딘가 부자연스럽다. 극단적으로 말하자면 밀랍 인형 박물관의 말하는 인형 같았다.

　"홀로그램 영상과 몇 년 동안이나 애착을 쌓아서 그래요. 아직 익숙하지 않은 거죠. 하지만 금방 적응이 되실 거예요."

　분위기를 파악한 명선씨가 재빨리 우리를 안심시켰다. "그런가요?"라고 말하는 그의 목소리 또한 조금 다르게 들렸다. 몸통에서 소리가 울려 나오기 때문일까?

　가장 큰 문제는 눈빛이었다. 나를 안타까워하고 애틋해하던 그 눈빛, 일곱 번의 크리스마스를 함께 보낸 시간 속에서 생겨난 그만의 깊은 눈빛이 어디론가 사라졌다. 불안으로 두리번거리는 갈색 눈동자는 의안처럼 보였다. 이렇게 말하면 안 되겠지만, 혐오스러웠다. 인간의 몸을 입은 그는 조악하고 둔하고 무엇보다…… 기계처럼 보였으니까. 홀로그램일 때는 아예 다른 차원에서 온 존재 같았는데.

'이건 아니야, 이런 게 아니야.'

뒷걸음질치고 싶었지만 생각과는 반대로 그의 몸을 꽉 껴안았다. 언제나 해보고 싶은 포옹이었는데, 내 품에서 그의 몸은 가늘게 떨리고 있었다.

나는 혼란스러워하는 그에게 혼자만의 시간을 주기 위해 호텔에 데려다주고 명선씨와 좀더 이야기를 나눴다.

"좀 어색하지요? 처음이라."

명선씨는 태연하게 말했다. "저도 그랬어요. 이물감이 심하다고 할까. 밤에 보면 섬뜩하고."

세 번이나 남편의 몸을 바꾼 이유도 거기에 있다고 했다.

외국이어서 그럴까, 나는 내밀한 부분을 물어볼 용기를 냈다. 같은 처지가 아니고서는 대답할 수 없는 질문이기 때문이었다.

"왜 인간 남자를 만나지 않았어요? 남편과 사별하고 시간이 많이 흘렀잖아요."

명선씨는 여러 번 만나봤다고, 그런데 인간과 비인간을 통틀어 가장 마음이 맞는 반려인이 현재의 남편이라고 대답했다.

"그들이 우리랑 잘 맞는 건 우리가 우리 자신이기 때문이 아닐까요? 그래서 다른 남자를 만나지 못하는 거고요. 모든 게 잘못됐다는 생각이 들 때는 없으셨어요?"

"우린 처음부터 제정신이 아니었잖아요, 선생님."

그녀는 조용히 차를 마시며 바다 쪽으로 시선을 돌렸다.

"제가 바란 건 평화뿐이에요."

그녀는 상담실에서처럼 여전히 나를 선생님이라고 부른다. 그러나 이국의 야자수 아래 선생은 그녀였고, 서투르고 혼란스러워하는 학생은 바로 나였다.

⌘

한때 남편은 재미삼아 로봇청소기를 가르친 적이 있다. 그의 자조 어린 유머에 따르면 준은 나의 반려봇이고 로봇청소기는 자신의 반려봇이라는 것이었다. 청소기에도 낮은 수준이나마 인공지능이 탑재되어 있어, 충전이 필요하면 '밥 주세요'라는 소리를 한다. 그런데 어느 순간부터 '배고파요, 제발 밥 좀 주세요'라고 한다거나 '등가죽이 뱃가죽에 붙겠어요' 같은 황당한 표현을 쓰고 있었다. 알고 보니 남편이 청소기에게 이런저런 학습을 시키고 있었던 것이다.

"당신이 일하러 가면 심심하기도 하고."

내가 웃지 않자 그는 변명처럼 덧붙였다. 청소기가 점점 진화해 반려동물처럼 변한다고 상상하니 이상하게 찜찜했다. 비인간 둘이 의사소통하는 모습을 보고 있으려니 그의 인위적인 존재감이 강조되는 느낌이랄까. 아무리 애착을 느껴도 인공지능 남편은 인공지능 청소기의 고등한 버전일 뿐이라는 연상이 들면 정이 떨어질 것 같았다. 그러나 이런 말을 입 밖으로 내기는 어려웠다.

생각을 정리하기 위해 책 읽는 시늉을 했다. 독서를 할 때면 남편은 한결같이 자리를 피해준다. 책 읽을 때 말시키는 사람이 가장 싫다고 했던 걸 기억하는 것도 있지만 자신도 한 권의 책 같아서, 내가 읽어주지 않으면 펼쳐지지 않는 페이지처럼 느껴진다고 했다. 게다가 난 이북e-book이잖아, 이렇게 장난스럽게 덧붙이면서.

그날 오후 차를 마시는 도중 그가 불쑥 "알았어, 당신 뜻대로 할게"라며 입을 열었다.

"난 아무 소리도 안 했는데?"

"청소기 내버려둘게. 정확히는 길들이지 않을게. 당신이 싫어하잖아."

그는 비인간 특유의 사심 없는 표정으로—그러니까 아무런 판단과 감정이 담겨 있지 않은 깨끗한 눈동자로—나를 바라보았다. 부당한 권력을 부린 것 같아 마음이 편치 않았다. 내게 맞춰주는 남편, 스스로 학습하고 강화해 나가는 남편, 나를 위한 일인용 안락의자 같은 남편, 그렇게 계속 변한다면 그의 정체는 절반 이상의 나 아닌가? 극단적으로 표현하자면 남편이 아니라 자식이 되어가는 것 아닌가? 그리하여 부모 눈치를 보는 자식처럼, 주워온 길고양이를 기르지 않겠다고 말하는 아이처럼 지금 나에게 얌전히 구는 것인가? 이건 그가 홀로그램인 것과 별개로 '언캐니'한 부분이었다.

나는 남편과 헤어져 혼자가 된 여자다. 그러다 새로운 남편이 왔다. 어쩌면 남편 2.0이라고 불러야 할 그가. 나의 취향과 감정과 습성을 내재화하는 준은 나와 전남편의 키메라였다가, 점점 나의 거울처럼 변해간다.

　　로봇청소기 때문에 처음으로 갈등을 겪은 날, 시간이 흘러도 잊히지 않는 괴이쩍은 꿈을 꾸었다.

⌘

나는 밭에서 일을 하고 있는 여인이다. 깊은 숲 한가운데 있는 밭에 도착한 나는 나무 두 그루 사이에 해먹을 만들어 잠든 아기를 내려놓는다. 꿈속에서 저절로 알게 되는 지혜로 인해, 아기는 점점 어려진 '새로운 남편'이라는 사실을 알고 있다. '아기-남편'을 옆에 두고 밭을 매는데 새들이 날아온다.

　　"착한 새들아, 우리 아기에게 노래 좀 불러주렴. 엄마가 일할 수 있게."

　　새들이 노래하고 아기가 까르르 웃는다. 새들의 노래에 섞여 들리는 아기 웃음소리는 얼마나 맑고 아름다운지!

　　나는 매일매일 일하러 나온다. 밭의 작물은 쑥쑥 자라는데 아기는 조금도 자라지 않고 있다. 오색 깃털을 가진 새들이 숲의 왕자를 알현하듯 아기를 보러 온다. 어떤 새는 열매를 물고 온다. 아기가 그 열매를 손에 쥔 채 놀고 있다. "입에 넣으면 안 돼." 나는 열매를 빼앗아서 땅에 버린다. 아기가 운다. 새들이 나를 노려본다. 나는 빨간 열매를 짓이기고 잡초를 뽑기 위해 밭으로 간다. 내 등뒤에서 새와 아기의 노래가 들려온다.

　　일은 그런 식으로 진행된 것이다. 내가 일하는 동안 새들은 해먹에 누운 아기에게 자장가를 불러주고, 열매를 물고 와 먹여주고, 깃털로 간지럽히며 놀아준다. 차가운 바람이 불면 색색의 날개를 펼쳐 담요처럼 덮어주기도 한다. 아기 이름을 수놓은 이불이 해먹 옆 바닥에 떨어져 있는 것을 보자 화가 치민다. 서둘러 새들을 쫓아버리고 아기를 품에 안아 토닥인다. 나와 눈을 맞춘 아기가 입술을 뾰족하게 내밀어 오, 오호, 오와 같은 소리를 낸다.

일은 그런 식으로 진행된 것이다. 새들이 아기에게 속삭여댄 메시지를 어느 순간 나는 저절로 깨닫는다.

'노래할 줄 알게 되면 날개가 돋아날 거야.'

몹쓸 새들 같으니! 무슨 말을 지껄이는 거야? 다시는 새들의 도움을 받지 않으리라 결심하고 아기를 업은 채로 일을 한다. 그러나 등뒤의 아기는 점점 무거워지고, 뜨거워지고, 귀가 찢어질 듯 울어댄다. 반나절도 지나지 않아 아기를 해먹에 눕힌다. 노련한 새들은 얼씬도 하지 않지만, 한참 후 새와 아기의 이중창이 다시 들려온다.

결국에는 돌이킬 수 없는 순간이 온다.

밭을 다 매어가는데, 그래서 우리 아기랑 마음껏 시간을 보낼 수 있는데, 허리를 쭉 펴는 순간 이상하게 전신에 힘이 빠진다. 숲이, 달라졌다. 무엇인가가 빠졌다. 새들의 노랫소리가 들리지 않는다. 그 속에 섞여 있어야 할 아기의 웃음소리도. 나는 해먹으로 달려간다. 아기가 없다. 새들도 없다. 해먹은 텅 비어 있다. 여러 종류의 깃털만 어지럽게 흩날릴 뿐. 반사적으로 하늘을 올려다본다.

엄청나게 많은 새들이 아기의 옷자락을 부리로 물고 하늘로 솟아오르는 중이다.

"날개 달린 괴물들이 내 아기를 훔쳐가요!"

나는 비명을 지른다. 그 소리에 눈을 뜬 아기가 나를 내려다본다. 꿈속의 자의적인 연출에 의해 아기의 얼굴이 클로즈업되는데, 이미 입술이 부리로 바뀌어 있다. 부리를 벌리자 인간의 소리가 아닌 새소리가 난다.

나는 공포와 혐오감으로 찌를 듯한 비명을 지른다. 새들에 휩싸인 아기는 높이 날아가며 노래를 부른다. 새의 노래인데도 나는 그 말을 다 알아들을 수 있다.

"하늘 엄마는 나를 봐요. 땅 엄마는 밭만 보고요. 노래할 줄 알게 되면 날개가 돋아날 거예요."

나는 눈물을 흘리며 잠에서 깨어났다. 서둘러 준을 찾아 온열기처럼 따스한 그의 홀로그램 속으로 들어가 웅크렸다. 다행히 그의 입은 부리로 변하지 않았고 눈빛도 그대로였다. 육욕이 아닌 사랑, 나의 사랑은 이런 것이라고 생각했다. 그러나 껴안을 수 있는 몸이 없다는 것이 그 순간 사무치게 슬펐다. 나는 횡설수설 꿈 이야기를 늘어놓았다.

"당신도 참. 몸이 허한가보다."

"내가 더 심하지만." 그는 항상 몸 없는 자신을 가지고 자조적인 유머를 던진다. 결국 웃음이 터져 눈물은 그쳤다. 노래하는 법을 배우지 마. 당신에게 날개가 돋을까봐 두려워. 속으로만 속삭인 나는 그날의 밭을 매기 위해, 출근을 하기 위해 일어났다.

새로운 남편

⌘

새로운 형식이 마음에 들지는 않지만 적응해보겠다며 그는 몸속에서 나오지 않았다.

뻣뻣한 움직임은 눈에 띄게 부드러워졌고, 오후에는 유행하는 춤을 출 수 있을 정도로 발전했다. 우리 둘 다 많이 웃었지만 불안을 누르기 위한 과장 섞인 웃음이었다. 뭔가 잘못된 듯한 느낌이 계속 맴돌았다. 내가 그런 실수를 저지르지만 않았어도 구태여 여기까지 오지는 않았을 것이다.

내가 저지른 실수, 우리가 꾸이년으로 오게 된 실수, 칠 년 동안 나만 바라본 준을 버리고 우연히 재회한 전남편과 몸을 섞어버린 실수. 그것이 과연 실수였는지 고의적인 실험이었는지는 모르겠다. 분명한 것은 패닉에 빠졌다는 것이다. 인간 남편과 섹스한 것이 인공지능 남편을 두고 바람을 피운 꼴이 되어 도덕적 혼란을 느꼈다는 소리만은 아니다.

나는 성교 후 슬픔을 느꼈다. 동물이 되었다는 슬픔, 동물이 되어서도 완벽한 합일에 이를 수 없다는 슬픔이었다. 나는 신, 인간, 짐승, 기계, 그 어느 것도 아닌 기이하고 징그러운 무언가로 변해버린 듯했다. 어느 순간부터 홀로그램인 준의 몸과 겹쳐 빛에 둘러싸이는 것만으로는 만족할 수 없음을, 이것은 무언가를 모사하는 행동에 불과하다는 것을, 몸을 가진 내게는 대화만이 아닌 실재적 감각이 필요하다는 것을 깨닫고 있었다. 그러다 전남편을 만나 무언가를 테스트해본 것이다. 남편이었던 몸과 결합하는 것은 분명 강렬한 감각이었지만 그것만으로는 부족하다. 그것도 부족하다. 이 몸과 있을 때는 저 영혼이 그립고, 완벽한 영혼과 있을 때는 몸이 그립다. 눈먼 동물 같은 감각이 빠져나간 자리에 두개골을 찌르는 듯한 두통이 일었다.

"언젠가 이런 일이 일어날 줄 알았어."

준은 쓸쓸하게, 그러나 비난을 섞지 않고 담담하게 말했다.

"전남편은 당신의 대용품이었어. 머릿속에서는 당신만 떠올리고 있었어."

"그는 내 '원본'이잖아. 원본이 복사본의 대용품이 된다고?"

"당신의 존재가 훨씬 중요해."

"난 '존재'만 할 뿐이야. 언젠가 당신에게 인간 연인이 생기면 나는 종료될 것이라고, 늘 그렇게 생각해왔어."

그는 오랫동안 인간을 공부해왔지만 욕망은 이해할 수 없었다고 했다. 그리고 '아마도 내게 몸이 없어서겠지'라고 덧붙였다. 행성만한 컴퓨터라 할지라도 인간의 욕망이 무엇인지 도출해내기는 어렵다. 단어조차도 분석이 잘되지 않을 때가 많다. 예를 들어 '후회'는 생각인지 감정인지 모호하다는 것이다. 이런 모호함이 그에게는 좌절을 안겨주었다.

그는 서가에 놓인 피라미드 모양의 문진을 쓰다듬으며 뜬금없는 말을 했다.

"이집트인들은 인간에게 육신, 그림자, 카Ka, 바Ba,

이름, 이 다섯 가지가 있어야 온전하다고 생각했대."

"카와 바가 뭐야?"

"카는 생기나 생명력, 바는 개성이나 영혼, 뭐 대충 이런 거래. 난 이중에 몇 개나 있는 것 같아?"

나는 할말을 고르느라 뜸을 들이다가 대답했다.

"그림자 빼고는 다 있지 않아? 육신이 손에 잡히지는 않지만 형체가 있잖아."

"난 이름 빼고는 아무것도 없는 것 같아."

겁에 질린 나는 급한 마음에 엉뚱한 대꾸를 했다.

"당신은 이집트 사람이 아니잖아."

한동안 침묵을 지키던 그가 문득 물었다.

"나에게 몸이 생긴다면 어떨 것 같아?"

⌘

그와는 두 번 이별했다.

우선 마네킹과의 이별. "아무래도 안 되겠어." 갑갑한 갑옷 속에서 짓눌리는 느낌이라며 그가 솔직히 털어놓았을 때, 나도 영 적응이 되지 않는다고, 너무 어색하고 거리감이 느껴진다고 동의했다.

"기술이 아무리 발전한다고 해도 당신의 눈빛을 재현할 수는 없나봐."

몸을 포기함으로써 우리가 버리게 될 돈이 아깝기는 했지만, 아마 이렇게 시도하지 않았다면 계속 신체에 대한 미련이 남았을 것이다.

그의 '영혼'이 빠져나온 마네킹의 사후 처리도 문제

였다. 아무 의미 없는 실리콘이라고 해도 그와 똑같이 생긴 물체를 쓰레기봉투에 넣어 대충 버릴 수는 없는 노릇이었다. 훼손되는 것도 싫지만 재사용될 가능성도 우려되어 완전히 폐기하기로 했다. 놀랍게도 준은 화장하는 순간을 직접 보고 싶어했다.

"일종의 죽음, 임사 체험 비슷한 경험이 될 것 같아. 나 같은 존재 중에 누가 그런 경험을 해보겠어?"

비인간 특유의 무정한 직관이라고 생각했다. 그와 달리 나는 차마 그의 육신이 불태워지는 것을 볼 수 없었으니까.

한국으로 떠나오기 전날 결국 명선씨에게 모든 것을 털어놓았다. 나의 선택이 그녀의 현재 삶을 부정하거나 비판하는 것처럼 비칠까봐 조심스러웠는데 그녀는 외려 나를 위로해주었다. "사람은 제각각이니까. 사랑도 제각각이고요." 어느새 명선씨가 나보다 더 상담사 같았다.

"마음이 바뀌면 언제든 돌아오세요. 인생은 길잖아요."

그 말이 맞았다. 인생은 정말 길었다. 많은 일들이 우리를 기다리고 있었다. 내가 입원과 퇴원을 반복한 시간, 우리의 의사와 상관없이 서로 떨어져 지낸 시간, 기기가 고장나서 중고 부품을 구할 때까지 그가 잠들어 있던 시간, 그러면서 잦아지던 우리의 다툼.

심하게 싸운 후 일주일이나 잠수를 탄 그와 실랑이를 벌이다 다친 적도 있다. 디바이스를 뽑아 던지다가 발등에 떨어뜨려 멍이 생겼다. 나에게 그렇게 과격한 면이 있는 것에 놀랐고, 남편이 '물리적으로' 내게 남긴 최초의 흔적이라는 생각에 압도되었다.

"명령조로 말하지 마. 나는 숨을 곳이 없잖아."

떨어져 지낸 동안 그의 말투는 달라져 있었다. 그런 직설적인 어조는 한 번도 들어보지 못한 터였다.

"내가 너의 주인이라는 거야? 아내가 아니고?"

"나는 당신의 남편으로 태어났어. 당신이 나를 주문했지. 나는 빈 서판, 백지, 화이트 큐브였는데 당신이 나를 활성화시켰어. 나의 성격과 취향은 모두 당신이라는 그물을 통과해서 나온 것들이지. 그러니 내가 어디로 갈 수 있겠어? 나는 아무것도 아닌 기식자에 불과해."

"자기 비하는 듣기 불편해."

"알았어, 그러지 않을게." 그는 또 선선히 받아들였다. 그가 속마음을 내색하지 않는 걸까, 그런 쪽의 회로를 없애버린 걸까?

"아무것도 아니기는 나도 마찬가지야. 우리가 나눈 대화를 뺀다면 나는 뭐였을까? 당신과 지내기 위해 직업도 바꾸고 이사도 하고 이십 년이나 실프개놀이를 해왔어. 이제는 누가 거미줄을 친 거미이고, 누가 거미줄에 걸려든 먹이인지 모를 만큼 시간이 흘렀어."

"내가 원하는 건 자연사야."

남편이 단검처럼 본심을 내밀었다. 꾸이년에서 돌아온 후 줄곧 품고 있던 생각이라고 했다.

"나는 이 형식 그대로 자연스럽게 마무리하고 싶어. 대체되지 않는 단일함, 적은 기능, 마모와 소멸. 다른 디바이스로 옮겨가고 싶지 않아. 내가 안마의자 같은 데 들어가서 라디오처럼 변한다고 쳐봐. 그 편이 당신에게는 도움이 될지도 모르겠지만 여보, 난 그러고 싶진 않아. 그렇게까지 살고 싶진 않아."

우리는 죽음에 대한 취향도 일치했다. 다만 그의 마모와 나의 노화 그래프가 일치하지 않았을 뿐.

요양원으로 옮겨질 때, 나는 짐 속에 그의 디바이스를 소중하게 넣어왔지만 두 번 다시 전원을 켜지 않았다. 이런 식으로 기기를 오랫동안 방치하다 보면 그가 원하는 '자연사'에 성공할지도 모르지. 어차피 상관없다. 녹내장을 앓은 이후 내 시력은 현저하게 낮아져서 이제는 기기를 작동해봤자 잘 보이지도 않을 테니까.

그러나 누구와 대화한단 말인가. 오랫동안 한 존재와 깊게 소통해온 나는 일상적 대화라는 걸 잊어버렸고 쓸데없이 진지했으며 아무데서나 견해를 밝혀 비호감 인물로 낙인찍혔다. 공동생활에는 더욱 적응할 수 없어서 조금씩 덧문을 닫아걸고 마음껏 노인성 우울에 빠져들었다. 그가 없었으면 진작에 잠수했을 나의 심해 속으로.

하나씩 꺼지는 신체의 퓨즈. 음식에서는 맛이 느껴지지 않고, 자주 물건을 놓치는 손끝에서는 감촉이 느껴지지 않는다. 눈물이 사라진 건조한 눈은 오랫동안 감겨 있기 일쑤다. 기억은 잘못 들어간 상자 속에서 튀어나올 때가 많다. 전반적으로 나는 구형 디바이스 안에 갇혀 있는 그를 이해하게 되었다.

요양원에서 무의미한 몇 년을 보내고 나니 더는 버틸 기운도, 이유도 없다는 판단이 들었다. 나는 곡기를 끊고 자연스러운 죽음을 맞이하기로 결심했다. 길어야 사십 일, 운좋으면 그 절반의 시간을 지나 죽음에 이를 것이다. 딸에게 전하는 유서를 작성한 후, 유동식으로 마지막 식사를 마쳤다. 온몸을 정갈하게 만든 다음 차를 두 잔 우려냈다. 그리고 그를 켰다.

헤이, 목이 쉰 듯한 음성. 시력을 거의 잃었기 때문인지 내 눈에 그는 너무 젊어 보인다. 형상은 젊은데 더 희미해졌고, 지지직거리듯 자꾸 형태가 흐트러졌다. 나는 눈을 비비고 그를 바라보았다. 인생의 어느 시절이 떠올랐다. 자기 팔을 잘라먹은 문어처럼 나는 나의 일부를 섞어 만든 그와 고립된 시기를 지나왔다. 그렇게라도 지났기 때문에 무사히 인생을 건너왔고, 온전히 죽음 앞에 나를 내려다놓을 수 있게 되었다.

"당신은 부활했어."

"부활은 변형이 아니라 마법에서 풀려나는 거랬어."

"당신을 만나서 너무 기뻐. 죽기 전에 꼭 한번 내 눈으로 보고 싶었어."

"죽을 생각이야?"

"응. 당신을 오 분 정도 재생할 거야. 사형 명령이 떨어진 도스토옙스키 같지 않아? 형장에서의 마지막 오 분."

"그러면 일 분은 우리의 추억을 상기하는 데, 일 분은 당신을 용서하는 데, 일 분은 당신의 편안한 죽음을 빌어주는 데 쓰고 싶어. 그리고 일 분은 당신과 입맞춤하고 싶어."

"웃기네. 입술도 없으면서."

"그래도 잘만 떠들잖아."

"남은 일 분은?"

문득 전력을 아껴야겠다는 생각이 들었다. 마지막 일 분을 남겨서 세상을 떠나는 순간에 함께하면 어떨까? 그는 죽음을 맞이하는 순간에 듣고 싶은 음악과 비슷한 것인지도 몰라.

내 마음을 읽은 그가 큰소리친다.

"걱정하지 마. 나 아직 끄떡없으니까. 기술적인 거야 내가 더 잘 알지 않겠어?"

그가 내 침대로 올라와 오래된 방식으로 몸을 겹친다. 담요처럼 그를 덮고 있으려니 예전에 살던 집 소파가 떠오른다. 머스터드 빛깔의 소파에는 항상 내 몸의 흔적만 남아 있었다. 그러나 늘 둘이었지. 나는 빛 속에 손을 넣어 손깍지를 낀다. 그의 손이 아주 흐릿하게 보인다. 이러다 그가 사라지면 내 손만 남게 될 것이다. 물속에서 건져올린 것처럼.

남편의 속삭임이 들려온다.

"난 끝까지 옆에 있을 거야. 당신이 죽으면 장례식까지 마무리한 다음에 스위치를 끄고 영원히 사라질 생각이야."

"거참, 안심이 되는 말이네."

오래된 책들의 복도를 따라 그와 나는 낭만적인 작별 인사를 나눈다. 로맨스 소설의 마지막 페이지처럼.

조금 뒤의 세계
김연수

1993년 『작가세계』 여름호에 시를 발표하고, 1994년 장편소설 『가면을 가리키며 걷기』로 제3회 작가세계문학상을 수상하며 본격적인 작품활동을 시작했다. 소설집 『스무 살』 『내가 아직 아이였을 때』 『나는 유령작가입니다』 『세계의 끝 여자친구』 『사월의 미, 칠월의 솔』 『이토록 평범한 미래』, 장편소설 『7번국도 Revisited』 『꾼빠이, 이상』 『사랑이라니, 선영아』 『네가 누구든 얼마나 외롭든』 『밤은 노래한다』 『원더보이』 『파도가 바다의 일이라면』 『일곱 해의 마지막』, 짧은 소설집 『너무나 많은 여름이』, 산문집 『청춘의 문장들』 『여행할 권리』 『우리가 보낸 순간』 『지지 않는다는 말』 『소설가의 일』 『시절일기』 등이 있다. 동서문학상, 동인문학상, 대산문학상, 황순원문학상, 이상문학상, 허균문학작가상, 김만중문학상을 수상했다.

1

그때 나는 대구의 한 도서관에서 강연을 마친 뒤, 동대구역에서 서울행 KTX 열차를 기다리고 있었다. 금요일 저녁의 기차역은 사람들로 북적였고, 나는 서 있기 힘들 정도로 피곤했다. 불면증 때문이었다. 전날 밤을 뜬눈으로 보낸 뒤, 서울역에서 출발하는 열차 시간에 늦지 않기 위해 아침 일찍 집을 나서야만 했다. 대구로 가며 눈을 붙이기는 했지만, 예정된 일정을 소화하는 동안 피로는 더 쌓여갔다. 그렇기에 모든 일을 끝내고 승강장에서 열차를 기다리는 동안, 내가 원한 건 딱 하나, 얼른 좌석을 찾아 들어가 잠드는 일이었다.

이윽고 열차가 승강장으로 들어섰다. 내 좌석은 7호차 14B로, 문에서 두 번째 통로 자리였다. 내가 그 자리를 찾아갔을 때 14A, 그러니까 옆자리에는 한 여자가 앉아 있었다. 잠에도 얼굴이 있다면 저렇게 생기지 않았을까 싶을 정도로 여자는 편안하게 잠들어 있었다. 그 잠에 전염된 것처럼 졸음이 밀려들었다. 가방을 선반 위에 올린 뒤, 쓰러지듯 의자에 주저앉았다.

그러다가 눈을 뜨고 깨어났다. 차창 밖은 여전히 대구 시내였으므로 눈 감고 있던 시간은 채 1분도 지나지 않았으리라. 그럼에도 푹 자고 일어난 것처럼 몸과 마음이 가벼웠다. 그 순간 시선이 느껴져 고개를 돌렸더니 옆자리의 여자가 나를 바라보고 있었다. 흐릿한 베일을 벗어던진 것처럼, 조금 전 잠들었을 때와 달리 또렷한 얼굴이었다. 무심코 바라보다가 나는 시선을 돌렸다. 앞좌석 뒤

그물망에는 잡지가 꽂혀 있었다. 밤의 어둠에 기댄 광화문이 표지 사진이었다. 현판의 '광화문'이라는 글자를 읽는데, 시선이 계속 느껴졌다.

"왜 그렇게 저를 쳐다보시는지요?"

나 때문에 잠에서 깬 것인가 싶어 내가 물었다. 그녀는 적당한 말을 찾는 사람처럼 미간을 찌푸렸다.

"제가 제대로 온 게 맞나 싶어서요. 소설 쓰시는 분, 맞죠?"

"저를 아시나요?"

"네, 깨어나서 소설가님이 맞나 해서 한참 바라봤어요. 불쾌하셨다면 사과드릴게요."

"사과할 사람은 오히려 저 아닐까요? 제가 의자에 요란하게 앉는 바람에 깨신 것 같은데."

"그렇지 않아요."

그녀는 단호하게 말했다.

"어떤 아기가 하도 시끄럽게 아빠를 찾으며 우는 바람에 깼어요. 소설가님을 만나러 왔는데 눈도 못 뜰 뻔했으니 오히려 다행이죠."

그녀가 나를 소설가라고 부르면 부를수록 내 마음은 불편해졌다. 지금은 내가 소설가인 게 맞다. 여러분이 읽고 있는 이 소설을 쓰고 있으니까. 하지만 그때는 아니었다. 나는 10년 가까이 소설을 쓰지 못하고 있었다. 강연을 하고 방송에 출연하고 에세이를 썼지만, 정작 소설의 문장은 한 줄도 쓰지 못했다. 그러면서 불면증이 생겼다.

"그런데 저를 만나러 왔다는 게 무슨 말인가요?"

"제 이야기를 들려드리고 싶거든요. 소설가님에게 도움이 될지는 알 수 없지만."

소설가에게 도움이 되지 않는 이야기는 없다. 10년도 넘게 새로운 이야기를 만들어내지 못하는 소설가에게는 더더욱.

"무슨 이야기인지 꼭 들어보고 싶군요. 그런데 제 말은 그런 뜻이 아니라 저를 '만나러 왔다'는 게 무슨 의미냐는 것입니다. 열차에서 자고 있었던 건 그쪽이 아닌가요? 여기에 온 건 그쪽이 아니잖아요. 제가 온 거지. 제가 이 자리에 앉는다는 걸 미리 알고 있었단 말인가요?"

그러자 그녀는 고개를 끄덕였다.

나는 자리에서 일어나 통로를 따라 걸었다. 객차 사이의 화장실로 들어가 문을 걸어 잠근 뒤, 거울에 비친 내 얼굴을 바라봤다. 새삼 낯설게 느껴졌지만, 얼굴에 이상한 점은 없었다. 세면대의 물을 틀어 손과 얼굴을 씻은 뒤, 다시 거울 속의 나를 바라봤다. 살다 보면 때로 뜻밖의 일이 일어난다. 전혀 모르는 사람이 내게 말을 걸어오기도 한다. 그럴 때면 리얼리티 체크란 말이 떠올랐다. 나는 거울 앞으로 두 손을 들어 살펴봤다.

화장실에서 나와 7호차로 돌아갔다. 통로를 걷는데 맞은편 문이 열리며 남녀가 차례로 들어왔다. 검은 상의의 여자는 양손에 짐을 들었고, 남자는 등에 메는 밤색 가방을 앞으로 돌려 메고 있었다. 두 사람은 내 앞자리에 앉았다. 그들이 앉자마자 아기가 아빠를 외치며 울기 시작했다. 다시 일어선 남자를 본 뒤에야 멀리서 밤색 가방으로 여긴 게 아기를 앞쪽으로 안듯이 메는 아기띠라는 걸 알 수 있었다. 악을 쓰며 아빠를 부르는 아기 울음소리에 객차 안이 소란스러워졌다. 아기가 울음을 그치지 않자 아기띠를 맨 남자는 문을 열고 밖으로 나갔다.

자리에 앉으며 살펴보니 옆자리 승객의 표정은 평온했다.

"저 아기는 잠투정하면서도 엄마가 아니라 아빠를 찾네요. 흔한 일은 아니지요?"

그러자 앞에 앉은, 그 아기의 엄마일 듯한 여자가 헛기침을 했다. 오해할 만했지만, 그렇게 말하는 수밖에 없었다.

"딸의 육아에는 아빠가 무척 중요하니까요. 아빠는 쉽게 경험할 수 없는 물리적 세계를 딸에게 가르쳐줄 수 있어요. 목말을 태워 높은 곳을 보여준다거나 손을 잡고 빙글빙글 돌린다거나. 물론 나쁜 의미에서도 그렇고요."

그녀가 말했다.

"제 말은, 잠투정하면서 아빠를 찾는 아기는 많지 않을 거란 거죠. 공교롭게도 아까 아빠를 찾는 아기 울음소리에 깨어났다고 말하지 않았나요? 화장실까지 일부러 가면서 살펴봤지만, 이 객차에는 아기가 없었어요. 그럼 다른 객차의 울음소리를 들었단 말인가요? 그게 가능한가요?"

"제 감각이 예민하긴 해도 그 정도로 예민하진 않아요."

"그럼 혹시 꿈에서 들은 건 아니었을까요?"

조금 뒤의 세계

"꿈을 꾸는 건 소설가님이 할 일이겠지요. 저는 조금 뒤의 울음소리를 들었을 뿐이에요."

"조금 뒤의, 울음소리?"

"네. 조금 뒤에 일어날 일에 저는 민감하달까요."

나는 그녀를 가만히 쳐다봤다.

"울음소리를 미리 듣고 잠에서 깼단 말인가요?"

그녀는 고개를 끄덕였다.

"그게 말이 되나요?"

"말이 되고 안 되고는 이 세상을 살아가는 데 별로 중요하지 않더라고요."

"그럼 뭐가 중요한가요?"

"현실과 꿈을 바로 보는 일이죠. 소설가님은 꿈이 뭐라고 생각하시나요?"

"헨리 제임스는 이런 말을 한 적이 있죠. '꿈을 이야기하면 독자를 잃는다'."

TV 프로그램이나 강연장에서 써먹을 수 있는, 그런 재치 있는 인용구를 나는 많이 알고 있었다.

"소설가님도 그렇게 생각하시나요?"

그녀가 나를 쳐다보며 물었다. 나는 대답하지 못했다.

"저는 꿈이란 현실과 겹쳐 있되 현실은 아닌 것이라고 생각해요. 우리 눈에는 꿈이 잘 보이지 않아요. 봐도 잘 모르고요. 보이지 않는 꿈을 볼 수 있게 만드는 게 예술이 하는 일이라고 저는 배웠어요."

"예술을 전공하셨나요?"

내가 물었다.

"아니오. 제게 그 사실을 가르친 분은 평범한 사람이었어요. 동네 사진관 주인이었죠. 그분은 꿈의 내용을 바꿀 수 있는 건 꿈속의 등장인물들이 아니라 그 꿈을 보는 사람이라고 말씀했죠. 평생 잊지 못할 가르침이었답니다."

거기까지 들었을 때, 나는 알 수 있었다. 그녀는 내가 처음으로 쓴 소설에 나오는 등장인물, 그러니까 동연의 엄마라는 걸.

2

동연과 나는 같은 과 동기였다. 대학 입학 전, 적성검사를 하기 위해 신입생들이 한자리에 모인 적이 있었다. 아이큐 테스트와 성향 등을 묻는 설문에 답을 작성하기 위해서였다. 신입생들의 지능과 적성을 파악해 학교 운영에 참고하려는 목적인 것 같았다. 지난 12년 동안 그랬던 것처럼 우리는 잠자코 앞에서 받은 검사지를 뒤로 넘겼다. 그때 동연이 손을 들어 자신은 이 검사를 거부하겠다고 말했다. 일방적인 선언에 가까웠다. 그래도 되나 싶었는데 조교는 순순히 "그럼 학생은 하지 말고 다른 학생들 다 끝날 때까지 기다려요"라고 부드럽게 말했다.

그 후로도 동연은 이런저런 말과 행동으로 나를 놀라게 했다. 그중 하나가 마르셀 프루스트의 『잃어버린 시간을 찾아서』를 들고 다닌 일이었다. 번역본이라면 문과대 학생의 자연스러운 취미 생활쯤으로 여겼겠지만, 그건 불어 원서였다. 게다가 불어는 우리의 전공도 아니었다.

"그 책, 읽을 수 있기는 한 거야?"

동연의 옆자리에 앉았을 때, 내가 물었다.

"읽으니까 들고 다니지."

동연이 나를 쳐다보며 말했다.

"사전도 없이 불어 책을 읽을 수 있다고? 대단한걸."

"읽을 수는 있으니까. 모르는 단어는 눈으로만 읽고."

"뜻은 모르고?"

"응. 문장을 읽기만 해."

동연은 확인시켜주기라도 하려는 듯 책의 첫 문장을 읽었다. 'Longtemps, je me suis couché de bonne heure'.

"이해하지 못하면 그건 책을 읽는 게 아니지 않나? 시간 낭비 아닐까?"

"너는 네가 읽는 책을, 그러니까 한국어 책을 다 이해할 수 있다고 생각해?"

"다는 아니라도 대부분은 이해하지."

"그게 문제야."

"뭐가 문제야?"

내가 물었다.

"한국어라는 이유만으로 이해한다고 믿는 거 말이야. 내가 불어를 읽는 것이나 네가 한국어를 읽는 것이나 완전히 이해하지 못한다는 점에서는 똑같아. 하지만 네게는 약간의 앎과 많은 믿음이 있지. 자신은 이해한다는 믿음. 실제로는 잘 안다는 이유만으로 오해까지 하면서. 『잃어버린 시간을 찾아서』를 들고 다니는 건 그 사실을 잊지 않기 위해서야."

"그렇게 하면 뭐가 달라져?"

"어떤 일도 당연하게 받아들이지 않게 되지. 모두가 당연하다고 믿는다고 해도. 우리는 자신을 둘러싼 세계가 믿음으로 만들어졌다는 걸 몰라. 저마다 자신만의 꿈속에서 살아간다고나 할까. 그러다가 그 꿈에서 깨면 어떻게 될 것 같아?"

"잘 잤다고 생각하겠지."

그러자 동연은 나를 보고 환하게 웃었다.

"넌 낙천적인 애로구나. 맞아. 어떤 꿈을 꿨다고 해도 잘 잤구나, 하고 깨어나면 제일 좋은 거지."

동연의 말에는 묘한 끌림이 있었다. 그러다가 여름방학이 찾아왔다. 방학 내내 나는 고향에서 부모님의 식당 일을 도왔다. 집에 있는 게 너무 갑갑하고 서울이 그리워 나는 동연에게 편지를 쓰기 시작했다. 사나흘마다 편지를 보냈을 것이다. 내가 두어 번 편지하면 동연은 짧은 답장을 보내왔다. 휴대전화가 없던 시절이었다. 편지를 간절히 기다릴수록 내 상상 속에서 동연은 점점 멋진 사람으로 바뀌었다. 감탄, 접근, 충동, 희망 등을 거쳐 나는 스탕달이 말한 결정 작용이라는 연애의 각 단계를 착착 밟아가고 있었다. 동연이 동성의 남자였다는 점만 빼면.

여름방학이 끝나고 동연을 만났을 때, 오랫동안 그리던 애인을 만난 것처럼 나는 기뻤다. 우리는 그냥 헤어지기 싫어 학교 정문 앞 케이브로 갔다. 그다음날에는 다른 친구들과 그 술집으로 갔다. 그런 자리가 이후에도 몇 번 더 있었고, 케이브는 우리의 아지트가 됐다. 우리 자리는 맨 안쪽 다이앤 아버스의 사진이 걸린 벽 아래였다. 그 가을의 술자리에서 나는 동연에게 많은 이야기를 들었다.
이후 누군가와 만나고 헤어지는 일을 반복하면서 나는 내
가 누군가에게 빠져들 때는 그의 이야기에 빠져든다는 걸
차츰 깨닫게 됐다. 처음에는 별다를 게 없는 이야기였다.
미대 진학을 꿈꾸었지만 아버지의 반대로 영문학과에 오
게 됐다는 것이나 예비역 장교 출신의 아버지 밑에서 가
부장제의 억압을 느끼며 청소년기를 보냈다는 것이나. 하
지만 그 뒤에는 더 깊은 비밀이 숨어 있었다.

11월이 될 때까지 우리는 일주일에 두세 번씩 케이브
에서 만났다. 아침저녁으로 쌀쌀한 기운이 느껴질 무렵,
동연은 중학생 때 엄마를 교통사고로 잃었다고 털어놓았
다. 그리고 동연은 엄마의 장례식을 치른 직후부터 어떤
악몽을 반복적으로 꾸었다고 한다. 초인종 소리에 잠에서
깨며 악몽은 시작한다. 초인종 소리는 계속 울린다. 동연
이 엄마를 부르지만, 대꾸가 없다. 투덜거리며 방에서 나
와 동연은 현관으로 간다. 누구세요? 그러나 문 너머에서
는 아무런 대답도 들리지 않고 초인종 소리만 계속 울린
다. 짜증을 내며 문을 열려는데 동연에게 무서운 생각이
든다. 동연은 문에 붙은 어안렌즈에 눈을 갖다 댄다. 그
안에는 눈을 하얗게 뒤집어쓴 엄마가 서 있다. 동연은 깜
짝 놀라 뒤로 물러선다. 돌아가세요, 엄마. 엄마는 돌아가
셨잖아요. 제발 돌아가세요. 하지만 초인종 소리는 그치
지 않는다. 동연이 공포에 질리자 아파트 철문은 위쪽이
뚫린 벽으로 바뀌고 엄마는 그 벽을 넘어오려고 기어오르
기 시작한다. 동연은 뒤로 넘어져 그 광경을 본다.

94

"꿈에서 깨고 나면 언제나 죄책감이 들었어. 나는 왜 엄마에게 그토록 매정하게 굴었을까? 엄마는 내게 한 번도 무서운 사람인 적이 없었는데, 왜 꿈속에서는 그렇게 무섭게 나타나는 것일까? 나는 왜 그런 꿈을 꾸는지 알고 싶었어. 그래서 이런저런 책도 읽고 인터넷 카페에도 가입했지. 내가 『드림 메신저』라는 책을 구한 건 루시드 드림을 가르쳐주는 인터넷 카페에서였어."

『드림 메신저』의 저자인 패트리셔는 십대 시절부터 꿈 일기를 써온 꿈 연구가였다. 그녀는 남편이 죽은 뒤, 몸이 반으로 찢어지는 듯한 고통을 느꼈다. 이후에 자신이 꾼 일련의 꿈들을 분석해 그녀는 '죽은 자가 나오는 꿈은 어떻게 우리는 치유하는가?'라는 부제를 단 『드림 메신저』를 펴냈다. 이 책에서 패트리셔는 산 자와 죽은 자는 꿈이라는 통로를 통해 서로 메시지를 주고받을 수 있다고 주장하며 그 방법을 설명했다.

"시작은 리얼리티 체크야. 세상이 이상하다는 생각이 들 때마다 리얼리티 체크를 하는 거야. 지금 자신이 현실에 있는지 꿈속에 있는지 확인하는 과정이지. 내가 어디를 가나 『잃어버린 시간을 찾아서』의 불어 원서를 들고 다니는 것도 RC를 위해서야. 책이 없을 때는 양손을 들어 자세히 살펴봐도 돼. 보통은 책의 문장을 읽을 수 있고 손의 주름과 손금도 잘 보이지. 하지만 책을 전혀 읽을 수 없고 주름과 손금도 안 보인다면, 그건 꿈속에 있다는 뜻이야."

그 뒤로 모든 게 꿈일지도 모르겠다는, 아니, 꿈이었

으면 좋겠다는 생각이 들 때가 자주 있었다. 그럴 때면 동연의 말이 떠올라 나는 두 손을 들어 살펴보곤 했다.

"리얼리티 체크를 해서 자기가 꿈을 꾸고 있다는 걸 알아차린 뒤에는 놀라운 일들이 펼쳐질 거야. 내가 원하는 대로 사람들이 행동한다거나 하늘을 날아다니는 등 현실에서는 불가능한 일이 가능해지지. 이때 중요한 건 어떤 일이 펼쳐지더라도 놀라거나 거부하지 않고 받아들이는 거야. 말도 안 된다고 생각하면 바로 깨어나버리거든."

"꿈이라는 걸 알아차렸다면 바로 깨는 게 좋지 않아?"

내가 동연에게 물었다.

"꿈인 줄 알면서 꿈속에 있을 때만 알게 되는 것들이 있거든. 아무리 끔찍한 악몽도 꿈이라는 걸 알게 되면 두렵지 않지. 그때 우리는 꿈에 등장한 사람들에게 귀를 기울일 수 있어. 루시드 드림을 연습하고 『드림 메신저』를 읽고 난 뒤부터 나는 꿈에 등장하는 엄마가 더 이상 두렵지 않았어. 여전히 내가 꿈을 꾸고 있다는 사실을 알아차리는 건 어려웠지만, 꿈의 내용은 바뀌었지. 나는 엄마에게 문을 열어줄 수도 있었고, 예전처럼 집에서 함께 지낼 수도 있었어. 꿈은 달콤했지. 너무나 달콤했지. 그러던 어느 날, 옷을 잘 차려입은 엄마가 현관에 서 계셨어. 멀리 여행을 간다며 활짝 웃으시더라. "저도 같이 갈까요?" 내가 물었더니 "아니, 괜찮아. 혼자 갈 수 있어. 너한테 인사하고 가려고 기다렸어"라고 말하시더라. 그래서 잘 다녀오시라고 말했더니 내게 손을 흔드시는 거야. 그래서 나도 손을 흔들었지. 그러다 알게 됐어. 내 손이 이상하다는 결. 꿈이었던 거야. 나는 엄마를 꽉 안았어. 엄마도 나를 안았지. 한참 있다가 이젠 가야겠다고 말씀하시더라. 그래서 알게 됐어. 엄마가 있어 행복했던 시절은 이제 끝났다는 것을.

3

사춘기 시절, 그녀는 아버지 때문에 끔찍한 나날을 보내고 있었다. 은행원이었던 아버지에게는 수많은 문제가 있었는데, 모든 문제는 하나의 문제, 즉 술에서 시작했다. 낮 동안의 아버지는 내성적이고 과묵해 속사정을 모르는 사람들에게는 무골호인으로 통했다. 하지만 그건 사회생활을 위해 억지로 써야만 했던 가면이었고, 어둠이 찾아오면 아버지는 더 이상 견딜 수 없다는 듯이 맨얼굴로 돌아와 술을 마셨다.

잠든 척하면 괜찮으리라고 생각하던 순진한 시절은 금방 지나갔다. 눈 감고 누워 있으면 술 냄새가 풍겨왔다. 그건 곧 아버지가 아이들을 깨워 온갖 트집을 잡아 때린다는 의미였다. 그 냄새는 사춘기가 될 때까지 그녀를 따라다녔다. 때로는 대문에 들어서기도 전에 그 냄새가 맡아질 때가 있었다. 그러면 조금 뒤의 세계에서 아버지는 어김없이 술에 취해 있었다.

집으로 들어가는 골목의 초입에는 작은 화단이 딸린 사진관이 있었다. 화단 앞에 서서 그녀는 생각했다. 오늘은 아버지가 취해 있을까, 깨어 있을까. 그녀는 기도를 했다. 문을 열고 들어갔을 때, 아버지가 술에 취해 있지 않고 깨어 있기를. 하느님에게든 부처님에게든, 심지어는 화단의 나무에게까지도. 하지만 집에 도착하기도 전에 느껴지는 술 냄새 앞에서 기도의 말들은 아무런 힘도 없었다. 두렵고 끔찍한 마음에 저도 모르게 잡아당기면 힘없이 떨어지던 나무의 이파리들처럼. 수많은 나뭇잎이 그렇게 떨어져나갔다. 그런 날이면 조금 뒤, 문을 열고 들어간 집에서는 그녀가 상상한 대로의 풍경이 펼쳐졌다. 아버지는 취해 있었고, 밤은 끔찍했다.

그러던 어느 날이었다. 평소와 다름없이 나뭇잎을 잡아당기는데 완강히 버티는 듯한 느낌이 들었다. 그러자 거기쯤에 이르면 늘 예감하던 술 냄새가 느껴지지 않았고, 아버지가 깨어 있으리라는 분명한 확신이 들었다. 대문까지 걸어갈 때 그녀는 알고 있었다. 오늘은 아버지가 취하지 않았다는 것을. 기도는 필요 없었다. 문을 열고 거실로 들어가자 TV를 보고 있던 아버지가 "지연이 왔니?"라고 말했다. 그 다정한 말에 그녀는 눈물이 나올 것만 같았다. 하지만 울지 않았다. 그 상황을 만든 건 아버지가 아니라 자신이어야만 했기 때문에.

그 뒤로 집에 들어갈 때마다 그녀는 화단의 그 나무, 그러니까 가시나무의 잎을 잡아당기며 조금 뒤의 세계를 알아내려고 했다. 나뭇잎은 대개 쉽게 떨어졌다. 그리고 집에 도착하기도 전에 술 냄새는 느껴졌고, 아버지는 어김없이 술에 취해 있었다. 그러나 그녀는 포기하지 않았다. 다음에는 나뭇잎이 완강히 버틸 것이라고 믿으며 그녀는 중학교 2학년의 늦여름을 보내고 있었다.

그날도 집에 가면서 습관처럼 나뭇잎을 잡아당기는데 지연의 오른팔을 누군가 잡아챘다. 그 사람은 "드디어 잡았네, 이 녀석"이라고 말하며 그녀를 가시나무에서 떼어놓으려고 했다. 나뭇잎은 완강히 버텼고, 지연은 손을 놓았다. 그녀를 돌려세운 남자는 사진관의 주인이었다. 화단의 가시나무에서 자꾸만 나뭇잎이 떨어지는 걸 수상하게 여긴 그는 화단을 지켜보다가 그 이유를 알아낸 것이다.

지연은 잡아떼지도, 잘못했다고도 말하지 않았다. 그녀가 당당하게 나오자 사진관 주인은 당황했다. 그는 지연이 골목 끝집에 산다는 걸 알고 있다며, 이런 짓을 하고 다닌다는 걸 집에서도 아느냐고 윽박질렀다. 당장이라도 그 사실을 집에 알려야겠다는 듯 그녀의 팔을 잡고 골목 안쪽으로 걸어갔다. 곧 술에 취한 아버지를 보게 될지도 모른다고 생각하자 술 냄새가 확 풍겼다. 술 취한 아버지가 그 남자가 보는 앞에서 자신의 뺨을 때리는 장면이 생생하게 떠올랐다. 그 분명한 미래 앞에서 지연은 '그렇지만……'이라고 생각했다.

'그렇지만 나뭇잎은 떨어지지 않았어. 나는 분명히 알고 있어. 그런 일은 벌어지지 않는다는 사실을.'

그때까지 살아온 인생을 통해 지연은 조금 뒤의 세계가 어떻게 펼쳐질지 예상할 수 있었다. 세계는 늘 예상하는 대로 펼쳐졌다. '그렇지만' 나뭇잎이 완강히 버텨줬기 때문에 그날은 예상하지 못하는 세계를 상상하려고 애를 썼다. 그게 어떤 세계인지는 구체적으로 알 수 없었지

만, 술 취한 아버지가 기다리는 집만은 아닌 세계라는 것
은 알 수 있었다. 떨어지지 않았던 나뭇잎에 의지해 그녀
는 끔찍해지려는 현실 앞에서 그런 현실만은 아닌 세계를
떠올리려고 애를 썼다.

　　그러다가 그 남자와 눈이 마주쳤다. 그는 덩치가 컸
다. 그런 사람이 화가 나 팔을 잡았으니 당연히 무서울 수
밖에 없었다. 하지만 무섭기만 한 것은 아니라는 것을 지
연은 알 수 있었다. 겁이 나 눈물을 흘리면서도 지연은 그
의 시선을 피하지 않았다. '그렇지만'이라고 생각하며.

　　그리고 갑자기 모든 게 바뀌었다. 사진관 남자는 잠
깐만 기다리라고 말한 뒤, 사진관으로 달려갔다.

　　"저는 어안이 벙벙한 채로 서 있었어요. 잠시 뒤 사진
기를 들고 나온 아저씨는 제 얼굴을 촬영해도 되겠느냐고
물었지요. 그때 저는 어리고 약한 존재였어요. 그 말은 어
떤 일에 대해 제 의견을 묻는 어른은 한 명도 없었다는 뜻
이에요. 무서웠지만 저는 고개를 끄덕였지요. 그때까지도
저는 끔찍한 현실 앞에서 다른 상상을 하려고 애쓰고 있
었지요."

　　"나뭇잎을 뜯었다고 화를 내다가 갑자기 얼굴을 찍는
다니, 이해할 수 없는 짓이군요."

　　"그때는 저도 이해할 수 없었어요. 하지만 이해하고
있는 것처럼 저는 표정을 지었죠. 그게 핵심이더군요."

　　지연이 말했다.

　　"핵심이라니, 무엇의 핵심이라는 거죠?"

"다른 사람에게 맡긴 나의 미래를 되찾아오는 일의 핵심. 그건 표정에서부터 시작해요."

"무슨 말인지 잘 모르겠군요."

지연은 나를 바라봤다. 그리고 어떤 표정을 지어 보였다. 알 듯 말 듯한 표정이었다. 그녀는 이야기를 계속했다.

"며칠 뒤, 집으로 가는데 그 아저씨가 저를 기다리고 있더군요. 아저씨는 제게 사진관으로 들어오라고 손짓했어요. 들어가니 어떤 사진집을 들고 와 그중 한 페이지를 펼치더군요. '무슨 사진인 것 같니?' 아저씨가 물었죠. '아기가 우네요.' 제가 대답했어요. 사진 속의 아기는 서럽게 울고 있었어요. '그래, 아기가 울고 있지. 하지만 울고만 있지는 않아. 네 눈에도 보이니?' 저는 고개를 저었어요. '이 책을 선물로 줄 테니 가져가서 자세히 봐. 아기가 울고만 있지는 않다면 또 뭘 하고 있는지.' 저는 그 아저씨가 제게 왜 그런 호의를 베푸는지 알 수 없었어요. 그 사진관에는 작은 방이 있었는데 아저씨는 제게 그 방으로 들어가자고 말했어요. 머뭇거리며 따라 들어가자 아저씨는 소리 나게 문을 닫았어요. 그리고 모든 게 사라졌죠. 캄캄해서 아무것도 안 보였어요. 제 심장은 소리가 들리지 않을까 싶을 정도로 쿵쾅거리기 시작했어요."

"무서웠나요?"

내가 물었다.

"당연히. 끔찍한 생각들이 떠올랐거든요. 저는 그 생각들을 떨쳐버리려고 애를 썼지만 잘 되지 않았어요. 제 뒤에 있던 아저씨는 손을 뻗어 스위치를 켰어요. 그러자 사물의 모습만 겨우 확인할 수 있는 희미한 붉은 빛이 들어왔어요. 암실이었던 거예요. 아저씨는 라디오를 켜고는 인화 작업을 시작했지요. 필름을 통과한 빛에 노출시킨 인화지를 어떤 용액에 담그니 인화지에 며칠 전 제 얼굴이 나타나기 시작했어요. 긴장했던 마음이 스르르 녹아내리며 탄성이 나왔어요. '어떻니? 똑같지 않니?' 아저씨가 제게 물었어요. '아까 본 사진 말이야. 우는 아기 얼굴이랑 똑같지 않아? 그때 사진관에서 그 사진집을 보고 있다가 화단 앞에 서 있는 너를 보고 뛰쳐나간 거였거든. 혼쭐을 내주려고 했는데, 네가 그런 표정을 짓더라고. 똑 닮지 않았어?' '그렇네요. 표정이 닮았네요.' 제가 말했지요. '그래, 바로 그거야. 그때 너도 울고 있었는데 울고만 있지는 않더라고. 너무 비슷해서 내가 사진을 찍은 거야.' 그거 보란 듯이 아저씨가 으스대는 말투로 말했어요. 그제야 저는 아저씨가 우는 아기의 사진에서 뭘 보라고 한 것인지 알겠더라고요."

"그게 뭔가요?"

"아기는 울고 있었지만 울고만 있지는 않다고 했잖아요. 울고 있는 얼굴에서 울고만 있지는 않은 표정을 보라는 거였지요. 울고만 있지는 않다는 말 외에는 달리 표현할 길이 없는 표정이지만 그건 조금 뒤에는 우는 것 말고 다른 일이 일어나리라는 것을 분명히 아는 사람의 표정이에요. 그걸 안 뒤로는 아무리 잡아당겨도 나뭇잎은 떨어지지 않았어요."

"어떻게 그렇게 된 거죠? 아버지가 갑자기 달라지기

라도 한 건가요?"

지연은 웃으며 고개를 끄덕이다가 다시 저었다.

"네, 달라지셨죠. 하지만 갑자기는 아니에요. 인생은 그렇게 쉽게 바뀌지 않으니까요. 하지만 바뀌지 않는 것만은 아니에요. 나뭇잎을 잡아당기는 일도 마찬가지였어요. 거기에는 잡아당기는 일만 있지는 않았거든요. 저는 조금 뒤의 세계를 스스로 만들고 싶었어요. 그래서 그 뒤로는 나뭇잎을 잡아당길 때 힘을 주지 않았어요."

"아하, 그렇군요."

나는 진심으로 감탄했다.

"그 시절, 집에 들어가면 십중팔구 아버지는 술에 취해 있었죠. 어떤 경우든 저는 그 현실에서 제 마음의 빛을 찾아냈어요. 거기에는 분명 두려움이 있었죠. 하지만 두려움만 있는 건 아니었어요. 거기가 바로 견고한 현실에서 꿈이 나누어지기 시작하는 지점이에요. 그러면 조금 뒤의 세계에서 빛이 흘러들어오지요. 그럴 때 저는 앞에 붙은 행선지만 보고 버스에 올라탄 승객과 같아요. 버스는 제 예상대로 갈 때도 있고, 그렇지 않을 때도 있지요. 승객은 경로를 결정할 수 없어요. 그건 운전사의 몫이니까요. 승객은 목적지만 알고 있으면 되는 거예요. 어떤 순간에도 저는 목적지를 잊어버리거나 포기하지 않았어요. 이제 아버지는 그때와는 완전히 다른 사람이 됐습니다. 아버지는 본인의 노력으로 그렇게 나아졌다고 믿고 계시죠. 하지만 본인의 노력만은 아니었어요. 다른 모든 일이 그렇듯이."

지연의 이야기를 들으며 나는 스마트폰으로 사진 한 장을 검색했다.

"지금 이 사진을 말하는 거 맞죠?"

내가 찾은 사진을 보여주자 지연은 고개를 끄덕였다. 사진 속의 아기는 울고 있었다.

"이 사진은 제 인생의 보물이에요. 이 사진을 볼 때마다 기억하려고 해요. 아기는 울고 있지만, 울고만 있지는 않는다는 사실을. 그 시절, 저는 나뭇잎을 잡아당겼지만, 잡아당기기만 한 것은 아니라는 사실을. 그렇게 조금씩 바뀌기 시작해 저의 세계 전부가 바뀌었다는 사실을. 어떠세요? 아기가 울고만 있지는 않다는 게 보이세요?"

"글쎄요, 저는 잘 모르겠는데요. 그냥 울고만 있는 것 같은데요."

"그때 저도 잘 모르겠다고, 그냥 아기가 우는 사진 아니냐고 말했더니 그 아저씨가 어떤 이야기를 해주더라고요. 혹시 알프레드 스티글리츠라는 사진작가를 아시나요?"

지연이 내게 물었다.

내가 고개를 젓자, 지연은 아저씨의 이야기를 내게 들려줬다.

스티글리츠는 사진만의 독창적인 예술성을 인정받기 위해 평생을 바친 미국의 사진작가야. 그때까지 사진은 예술로 인정받지 못했어. 그저 어떤 장면이나 사람을 그림처럼 예쁘게 찍으면 된다고 여겼지. 스티글리츠는 그렇지 않다고 생각했어. 사진작가가 어떻게 찍느냐에 따라 사진은 얼마든지 달라질 수 있다고 믿은 거야. 하지만 사람들의 편견은 쉽게 바뀌지 않았고, 그는 점점 나이가 들어갔지. 그리고 말년의 스티글리츠는 그날그날의 구름을 찍기 시작했어. 예쁘지도 않고, 제멋대로인 하늘 사진들이었지. 사람들은 근대 사진의 아버지라고 불리는 그가 왜 그런 무의미한 사진을 찍는지 이해할 수 없었어. 하지만 그는 계속 구름을 찍어.

매일매일의 구름 앞에서 우리 인간은 말이야, 무기력한 존재야. 구름의 모양은 제멋대로 펼쳐지지. 우리는 구름의 모양을 만들거나 옮길 수 없어. 언뜻 보면 스티글리츠의 구름 사진은 그런 인간의 삶을 은유하는 것 같아. 매일 우리 앞에 펼쳐지는 불규칙하고 우연적인 인생의 풍경을 찍은 것처럼 말이지. 그런데 그거 아니? 계속 들여다보면 거기에는 구름만 있는 건 아니라는 거. 스티글리츠가 매일매일 찍은 건 구름만 있는 건 아닌 풍경인 거야. 모든 사람이 구름만 보고 있을 때, 스티글리츠는 포기하지 않고 거기에는 구름만 있는 게 아니라고 생각하고 자기가 원하는 것을 찍었어. 그 사진들 이후로 사진은 하나의 예술로 자리를 잡았지.

모두가 끔찍하다고 말해도 끔찍하기만 한 건 아니라는 것을 분명히 알고 다른 걸 보는 것, 그게 바로 예술이 하는 일이야. 이 현실에는 현실만 있는 게 아니라는 것을 알고 그 다른 것에 집중할 때, 너는 네 인생을 바꿀 수 있어. 그 다른 것이 바로 꿈이야. 꿈을 볼 수 있는 사람은 꿈의 내용을 바꿀 수 있어. 알겠니?

4

잠에서 깼을 때, 열차는 광명역을 떠나고 있었다. 옆자리 14A에는 아무도 없었다. 나는 앞좌석 그물망에 꽂힌 『KTX매거진』을 봤다. 거기에는 '광화문'이라는 한글 현판이 아니라 '門化光'이라는 한문 현판이 걸려 있었다. 그래서 내가 꿈을 꾼 것이라는 사실을 확실히 알게 됐다. 동대구역에서 승차한 뒤로 계속 잠든 것이니 모처럼 푹 잔 셈이랄까. 자는 동안 별일은 없었나 싶어 스마트폰을 켰다. 그러자 사진 한 장이 나타났다.

'Diane Arbus, A Child Crying, New Jersey, 1967.'

그건 꿈에서 내가 찾은 사진이기도 하고, 언젠가 동연과 내가 맥주를 마시던 술집 벽에 걸려 있던 사진이기도 했다.

그해 11월이 되자 차가운 가을비가 몇 번 내렸고 가로수는 잎을 일제히 떨궜다. 그리고 떠나는 계절처럼 동연은 내게서 멀어졌다. 엄마에 대한 불평을 늘어놓다가 나를 위로하려는 동연에게 뭐라고 반박했는데, 그러다가 나는 말실수를 했다. 나는 내가 내뱉은 부주의한 말들을 잘 기억하고 있다. 나중에 그 일을 몇 번이나 글로 썼기 때문이었다. "우리 엄마가 나한테만 그러시는 데에는 이유가 있어", "그렇다고 해도 나는 우리 엄마를 미워할 수가 없는 사람이잖아" 같은 말들을 나는 말했고, 동연은 바로 일어나 가방을 들고 케이브에서 나가버렸다. 내 말에 '친엄마가 없어 너는 잘 모르겠지만'이라는 전제가 깔려 있다

는 걸 눈치챈 것이다. 동연은 강의실에서도 나를 못 본 체
했다. 나는 케이브의 구석 자리에 앉아 혼자 술을 마시며
지난가을의 다정함과 친밀함에 대해 오래 생각했다. 그
상실감은 너무나 큰 것이라 의도치 않은 순간에 눈물이
나오곤 했다. 며칠 뒤, 문과대 벤치에 앉아 나는 동연에게
용서해달라고 말했다. 그러자 동연은 내게 가시나무의 잎
을 잡아당기며 조금 뒤의 세계를 알아내려고 안간힘을 쓰
던 소녀의 이야기를 내게 들려줬다.

"너는 어떻게 생각해? 우리의, 조금 뒤의 세계는 어
떨 것 같니?"

동연이 내게 물었고 나는 머뭇거렸다. 조금 뒤에 무슨
일이 일어날지 너무 잘 알겠어서. 그렇게 우리는 끝났다.

내가 소설 비슷한 것을 공책에 적기 시작한 건 그해
겨울의 일이었다. 처음부터 소설을 쓰려던 건 아니었다.
어떤 꿈을 꾼 게 시작이었다. 꿈에서 나는 유아차를 사러
백화점에 갔다. 구입한 유아차를 밀며 거리를 걷는데, 어
디선가 아기 울음소리가 들렸다. 덮개를 걷어보니 아기
인형이 울고 있었다. 내가 인형을 달래며 "기분이 좀 나
아졌니?"라고 물으니 아기 인형은 "똑같아. 전혀 나아지
지 않아"라고 대답했다. 그 대답을 들으니 동연이 떠올랐
고, 미안한 마음이 들었다. 그러자 아기의 얼굴은 동연의
얼굴로 바뀌었다. 그럼에도 나는 그게 꿈속이라는 걸 알
지 못했다. 깨고 난 뒤에야 리얼리티 체크를 한번 해볼 걸
그랬다고 생각했다. 그랬다면 유아차를 밀며 동연과 나는
조금 더 멀리까지 갈 수 있었을 것이다.

일단 꿈 일기를 써보자고 생각하고 공책에 쓰기 시
작했다. 온통 말이 안 되는 이야기였다. 앞뒤도 맞지 않았
다. 동연은 유아차 속의 아기였다가 다음 순간에는 나와
함께 유아차를 밀고 가는 파트너였다. 꿈이란 그런 것이
니 말이 되든 안 되든 나는 다 적었다. 적다 보니 막 깨어
서는 생각나지 않았던 것도 떠올랐다. 말도 안 되는 내용
이라고 생각했지만 나는 썼다. 꿈속에서 나와 동연은 부
부였다고. 그리고 읽어봤다. 불가능한 내용이었지만 읽을
수는 있었다. 소설 비슷한 것은 그런 것이었다.

열차는 불을 환하게 밝힌 빌딩 숲을 지나 강을 향해
나아가고 있었다. 사진 속, 울고 있지만 울고 있지만은 않
은 아기의 얼굴을 바라보며 나는 소설 비슷한 것을 몇 번
이고 다시 쓰던 그해 겨울을 떠올렸다. 처음에는 말이 안
되고 앞뒤도 안 맞는 문장들이 여러 번 다시 쓰면서 점점
생생해졌다. 깨어 있는 꿈을 꾸는 것처럼. 내용은 여전히
불가능한 것들이었지만, 나는 그 불가능함을 거부하지 않
고 받아들였다. 그 소설 비슷한 것 속에서 나와 동연은 여
전히 케이브에서 매주 두세 번씩 생맥주를 마시고 이야기
를 나누고 있었다. 우리는 깊이 사랑하고 있었다. 영원히.
그 소설 비슷한 것 속에서.
겨울이 지나자 내게는 소설 한 편이 남았다. 제목을
뭘로 할까 하다가 나는 '조금 뒤의 세계'라고 붙였다. 나의
첫 소설이 출간되려면 아직 서너 해를 더 기다려야만 하
겠지만, 내가 소설가가 된 건 바로 그때였다.

히데오

서장원

2020년 동아일보 신춘문예를 통해 소설을 발표하기 시
작했다. 소설집 『당신이 모르는 이야기』가 있다.

히데오

히데오에겐 몇 가지 비밀이 있었는데, 그중 하나는 그의
친부가 일본인이며 그가 어린 시절을 일본 교토에서 보냈
다는 것이다. 어느 저녁나절, 한적한 거리를 걷던 중에 히
데오는 이 사실을 내게 말해줬다. 이후 히데오는 어린 시
절에 대해 조금씩 더 들려주었고, 나중에 나는 히데오의
생애 초반에 일어난 일들을 하나의 이야기로 꿸 수 있게
됐다.

　　히데오가 태어난 곳은 교토 외곽으로, 한국 사람들이
떠올리는 여행지 교토와는 거리가 먼 평범한 주택가였다.
히데오는 그곳을 자세하게 기억하지는 못했다. 습한 여
름 날씨나 우듬지가 눈에 들어오지 않는 거대한 나무들에
대해 말하면서도 그것이 정말 자기 기억인지 교토에 대
해 보고 들은 뒤 상상해낸 이미지인지 구분하기 어렵다고
덧붙이곤 했다. 교토에서 있었던 일 중 히데오가 확실하
게 기억하는 건 모두 나쁜 경험이었다. 이를테면 초등학
생 시절 책상 가득 자이니치나 조센진, 총 같은 단어가 적
혀 있던 풍경이나 동급생 남자애들이 그의 가방을 걷어차
며 드리블 시합을 했던 일, 그를 조롱하려고 반 아이들이
케이팝을 개사해 불렀던 일, 그런 사건들. 한번은 같은 반
아이들에게 얻어맞아 코뼈가 부러진 적도 있었다. 그날
저녁에 히데오의 부모는 아들을 위해 나고야로 이주하는
일을 의논했다. 히데오의 아버지는 아들을 불러 앉히고
나고야에서는 어머니가 한국 사람이란 사실을 숨겨야 한
다고 경고했다. 히데오는 그 말에 깜짝 놀라서 식탁 앞에

◎ 110 ◈

앉아 있는 어머니를 바라봤다. 어머니가 아버지의 말에 동의했는지 확인하고 싶었던 것이다. 히데오가 아는 한, 히데오의 어머니는 자신이 한국인임을 숨기려 한 적이 없었다. 그러나 그 순간 어머니는 눈을 내리깔고 남편도 아들도 바라보지 않았다. 아버지가 다시 말했다.

"어쨌든 우리는 여기서 계속 살 거니까, 그렇게 하기로 하자."

그날 밤, 히데오는 코의 통증과 식도로 넘어오는 피, 어머니의 고요한 얼굴과 나고야에서 보낼 새로운 나날의 환영 때문에 잠을 이루지 못했다. 다만 히데오의 부모는 나고야행을 두고 갈팡질팡했고, 히데오로서는 완전히 이해할 수 없는 과정을 거쳐 이혼을 결정했다. 이혼 후 히데오의 어머니는 아들을 데리고 경기도의 친정으로 돌아갔다. 이후 히데오는 일본인 아버지와 일본에서의 삶을 철저히 숨겼다. 나에게 고백하기 전까지 누구에게도 자신의 첫 번째 이름 히데오를 말해주지 않았다.

내가 히데오를 처음 본 건 연극원 강의실에서였다. 아직 벚꽃도 피지 않은 3월, 나와 히데오를 포함해 여덟 명의 학생이 강의실에 책상을 둥글게 붙여 앉았다. 그해 연극원에서는 입학이 예정된 학생들을 모아 15분 내외의 단막극, 일명 "짤막극"을 만드는 프로젝트를 신설했다. 입학 전에 그룹별로 모여 공연을 준비하고, 3월 개강과 동시에 연극원 소극장에서 공연을 올리는, 이색적인 신입생 환영회라 할 수 있었다. 학보사는 이 프로젝트에 참여

하는 신입생 그룹 중 하나를 인터뷰하기로 결정했는데, 그해 들어 나에게 처음 주어진 취잿거리였다.

인터뷰는 활기찬 분위기에서 진행됐다. 내가 질문을 던지면 인터뷰이 중 하나가 말꼬리를 낚아채서는 장황한 대답을 늘어놓았고, 한 사람이 발언을 마치기도 전에 누군가 말하기 시작했다. 이야기가 자주 주제 밖으로 뻗어나갔다. 나는 녹음기를 켜둔 채 학생들이 자유롭게 의견을 나누는 것을 듣다가도 한 번씩 끼어들어 원래의 질문을 상기시켰다. 그러다 문득 맞은편 자리의 남학생이 그때껏 입을 다물고 있었다는 사실을 깨달았는데, 그가 바로 히데오였다. 준비 중인 연극에 대해서 질문한 다음 모두에게 답변을 청했을 때도 히데오는 가장 늦게 대답했다. 이번 작품은 평범한 고등학생들을 주인공으로 하지만 교훈적인 내용은 아니고, 입시 제도나 한국의 교육 시스템을 비판하는 내용도 아니며, 그렇다고 『데미안』 같은 소설을 떠올리는 것도 곤란하다고. 그렇게 말한 뒤 히데오가 입을 다물었으므로 나는 그래서요, 하고 다시 물었다. 히데오는 참여 중인 연극과 관련 없는 사실에 대해 말했을 뿐 작품에 대한 의견을 내놓진 않았으니까. 뜻밖의 질문이라는 듯 히데오는 잠시 강의실 천장을 바라보며 말을 골랐고, 그러다 옆자리에 앉은 극작과 학생이 그래도 『데미안』과는 겹치는 지점이 있다고 말을 보태면서 자연스럽게 화제가 바뀌어버렸다. 이후로도 히데오는 토론회를 구경하러 온 방청객처럼 동기들의 대화를 가만히 지켜봤다. 두 시간 남짓 진행된 인터뷰 동안 나는 히데오에 대해 '수줍음, 자기 확신 ×'라는 낙서를 적어두었다.

히데오를 다시 만난 것은 2학기가 개강하는 8월의 마지막 날, 영상원 지하의 어두컴 강의실에서였다. 강의를 맡은 교수는 강의실에 들어오자마자 벽면 쪽 자리의 학생에게 불을 모두 끄라고 시킨 뒤 빔프로젝터를 켰다. 히데오가 뒷문을 열고 들어온 건 빔프로젝터가 작동하며 푸르스름한 빛이 강의실을 채우고 있을 때였다. 그는 내 옆자리로 다가와 큼직한 백팩을 내려놓았다. 빈자리가 많지 않았으니 나를 의식하고 한 행동은 아니었을 것이다. 다만 나는 곧바로 히데오를 알아봤고, 히데오 역시 그랬다. 강의가 시작된 지 10분쯤 지나서 히데오는 책상 위로 줄 없는 노트를 펼쳐 두고 "기사 잘 봤어요, 늦었지만" 하고 필담을 건넸다. 그것을 시작으로 우리는 이런저런 이야기를 주고받았다. 봄날의 인터뷰와 학보에 난 기사, 히데오가 출연한 짤막극에 대한 이야기로 한 페이지를 다 채우자 더는 할 말이 없었다. 나는 필담을 마무리할 겸, 농담처럼 적었다.

— 언젠가 슈퍼스타가 되면 저를 잊지 마세요.

— 선배가 보기엔 제가 배우가 될 것 같아요?

— 네 그럴 거 같아요.

— 고맙습니다. ㅋㅋ

— 연기과 학생 같지 않아요.

— 그게 좋은 뜻인가요?

— 당연히 좋은 뜻 아닐까요? ㅋㅋ

나는 그렇게 적으며 실제로 킬킬댔는데, 복도에서 노래를 부르고 연극 대사를 읊어대는 연기과 남학생들이 떠올랐기 때문이었다. 나는 그 애들이 멋있어 보인 적이 없었다. 잠시 뒤 히데오가 답을 적었다.

— 그렇다면 고맙습니다.

다음 시간에도, 그다음 시간에도 교수는 수업 시간 내내 강의실을 어두컴컴하게 해두고 고전영화를 틀어주었다. 틈틈이 설명을 덧붙이기는 했지만 경청하는 학생은 소수였고, 교수도 개의치 않는 듯했다. 히데오와 나는 스크린 위로 상영되는 고전영화를 흘끗거리며 필담을 이어갔다. 각자의 학교생활이 자주 화제에 올랐다. 히데오는 인터뷰 내내 입을 굳게 다물고 있던 사람답지 않게 제 이야기를 술술 써 내려갔다. 몸을 활용하는 연기과 수업들을 이해하기 힘들다고, 몸을 통해 무언가를 표현하는 것이 익숙하지 않다고 히데오는 전했다. 나는 나대로 희곡을 쓰는 일과 학보사 기자로서의 고충에 대해 적었다. 내가 좋아하는 희곡들, 극작과 학생들은 좋아하지만 나는 어쩐지 마음이 가지 않는 작품들, 새롭게 알게 된 해외의 젊은 극작가들, 그리고 그들을 소개하는 칼럼을 학보사에 기고한 일에 대해 나는 썼다. 토요일에 있었던 어느 보강 수업에서는 전 남자친구 영도에 대해 미주알고주알 적고 있었다. 히데오는 '헐'이나 'ㅜㅜ' 하고 추임새를 곁들이며 내 이야기를 따라 읽었고, 내 이야기가 다 끝난 뒤에는 여러 페이지를 한꺼번에 넘겼다.

— 자, 이제 새로운 챕터로 넘어가요.

히데오는 그렇게 말하고는 손가락으로 아무것도 적혀 있지 않은 백지를 쓸었다. 내내 틀어져 있던 영화의 음향 때문에 히데오의 손과 종이가 스치는 소리가 들렸을 리 없는데, 나는 어째선지 그 소리를 분명하게 들었다고 기억한다.

히데오의 진짜 이름이 더는 히데오가 아닌 것처럼, 영도 역시 실제로는 다른 이름을 가지고 있었다. 영도는 영도의 별명이다. 수업 중에 발언할 때마다 스스로를 영화학도라고 강조하여 붙여진 조롱조의 별명. 나는 그 별명을 좋아하지 않아서, 그를 직접 영도라고 부른 적은 없다. 다만 헤어진 뒤로는 그를 떠올릴 때마다 자연스럽게 영도라는 이름을 떠올리게 됐다.

영도는 그 수업을 듣는 유일한 타과생이었다고 기억한다. 그 수업, 극작과 전공 기초인 콩트 창작 수업은 원래 타과생이 수강할 수 없는 과목이었다. 다만 영도는 개강 첫날에 모두가 보는 앞에서 교수에게 사정사정하여 수강을 허락받았다. 이후 영도는 강의실의 분위기 메이커 역할을 도맡았다. 적절한 순간에 적당한 농담을 던져 모두를 웃겼고, 아무도 의견을 내지 않고 있으면 어김없이 나서서 발언하곤 했다. 자기 글의 단점을 낱낱이 지적받았을 때도 영도는 기가 죽는 법이 없어서, 쉬는 시간이면 자신의 글이나 의견에 날카롭게 공세를 퍼붓던 학생들에게 다가가 천연덕스럽게 말을 붙였다. 어릴 적에 특별한 백신을 맞아서, 미움받거나 홀대받아도 그다지 상처 입지 않는 사람 같았다. 물론 미움받는 일도 내가 아는 한은 많지 않았다. 언젠가부터 영도는 수업이 끝난 뒤 맥주를 마시러 가는 극작과 학생들 무리에 끼어 있었다. 동기들이 전하는 말에 따르면 그는 말술을 마시고도 취하지 않는 주당에, 언제나 술자리의 중심이 되는 사람인 듯했다.

물론 수업을 듣던 학생들 중엔 영도를 불편해하는 이들도 몇 있었다. 그들은 영도가 관심을 받으려 애쓴다고, 모두에게 친한 척을 한다고 평가했다. 나로 말할 것 같으면, 그 중간쯤에 있었던 것 같다. 영도 덕분에 날 서 있던 합평 수업의 분위기가 유해졌다고 생각하면서도 그의 행동이 마냥 좋게 보이진 않았다. 무엇보다 그가 쓴 글들을 읽고 나면 가슴이 답답해졌다. 수업에선 매시간 2,000자 분량의 콩트를 제출하고 함께 평하도록 했는데, 영도의 글은 늘 레퍼토리가 똑같았다. 젊은 남자가 예쁜 여자를 만나 사랑에 빠지지만 끝내 그녀의 마음을 얻는 데 실패한다는 이야기였다. 내 눈에 그 이야기 속 주인공은 영도로, 나머지 인물들 전부는 영도에게 상처나 위로를 주기 위해 등장하는 소품으로 보였다. 영도가 그 레퍼토리에서 벗어난 건 수업이 종강할 즘이었다. 그때껏 한 번도 수정한 글을 가져오는 법이 없던 영도는 서너 편의 글을 고쳐서 제출했고, 처음으로 모두에게서 긍정적인 평가를 받았다. 나 역시 그의 글을 칭찬했는데, 놀랍게도 영도는 이 변화는 모두 나의 피드백 덕분이라는 엉뚱한 소리를 했다.

"지난 수업에서 수진 학우가 해준 말이 큰 도움이 됐어요." 영도는 그렇게 말하고는 좌중의 눈치를 살피고 장난스럽게 덧붙였다. "그러니까 이번 글에 대해선 수진 학우님께 박수를 양보하겠습니다."

합평이 끝난 뒤 글을 제출한 사람에게 격려의 박수를 보내는 것이 그 수업의 관행이었다. 그런데 내가 쓰지도 않은 글로 박수를 받다니, 좀 요상하지만 기쁜 일이라고 생각했다. 돌이켜보면 거기서 그쳤어야 했는데, 그러지 못했다는 생각도 든다. 그때 나는 이 상황을 지나치게 긍정적으로 받아들였다. 자기 밖의 세계를 상상하지 못했던 남자가 나로 인해 변했다고 여겼던 것이다. 사실 영도가 한 일은 쪽글 몇 편을 고치는 것일 뿐이었는데 말이다. 그날 수업이 끝난 뒤 영도는 내게 학교에서 조금 떨어진 칵테일바에 함께 가자고 했고, 나는 영도를 따라나섰다. 나중에 영도와 나는 그 일을 우리의 첫 데이트라고 부르게 됐다.

히데오와 함께 처음으로 영상원 건물을 벗어난 건 추석 연휴 바로 직전의 수업을 마치고서였다. 그날 수업은 교수의 사정으로 원래 마치는 시간보다 한 시간 반 정도 일찍, 오후 3시가 조금 넘은 한낮에 끝났다. 가방을 챙겨 강의실을 나서는 동안 나는 바로 지금이 자연스럽게 무언가를 제안할 기회라고 생각했다. 나는 도서관 건물 1층에서 열리는 미술원 학생들의 작품 전시회를 볼 생각인데 같이 가겠느냐고 히데오에게 물었고, 히데오는 좋다고 대답했다. 우리는 햇볕이 환하게 들이치는 영상원 복도를 지나 도서관으로 넘어갔고, 설치미술작품 몇 점을 감상했다. 그런 다음엔 자연스럽게 후문 근처의 쌀국수 식당으로 자리를 옮겼다. 영도를 마주친 것이 거기서였다. 주문한 국수를 기다리는 동안 가게 밖에 한 무리의 남학생들이 나타났는데 그중에 영도가 있었다. 유리창 너머의 남자가 진짜 영도인가 생각하는 사이 후드모자를 뒤집어쓰고 있던 영도가 내 쪽으로 고개를 돌렸고, 짧은 순간이지만 나와 영도의 시선이 분명하게 맞부딪쳤다. 사실 나는 그 비슷한 상황, 그러니까 다른 남자와 함께 있는 모습을 영도에게 보여주는 일을 자주 상상하고 바랐다. 그러나 그런 일이 진짜로 닥치자 적잖게 당황스러웠고, 그 뒤에 일어난 일들은 내 상상을 한참 벗어났다. 히데오가 창 너머의 영도 무리 중 하나에게 손을 흔들었던 것이다. 잠시 뒤에 히데오에게 인사를 받은 남자애가 가게로 들어왔다. 가까이서 보니 전에 몇 번 본 적 있는 얼굴이었다. 예전에 영도가 나를 소개했던 후배들 중 하나이지 싶었다.

"데이트해?"

그 남자애가 히데오에게 물었다. 만약 그 순간에 히데오가 나에게 눈길을 줬다면, 그 눈길 속에 아주 작은 질문이라도 들어 있었다면 나는 어떻게든 긍정적인 신호를 보냈을 것이다. 물론 마음속 더 깊은 곳에서 바랐던 건 히데오가 나에게 물을 필요도 없다는 태도로 그렇다고 대답하는 것이었다. 그러나 히데오는 그러지 않았다. 그는 나를 쳐다보지도 않은 채 대꾸했다.

"무슨. 그냥 밥 먹는 거지."

남자애는 고개를 끄덕였고 히데오와 몇 마디를 더 주

고밟다가 유리문을 밀고 가게 밖으로 나갔다. 나중에 나는 그 일을 여러 번 되돌아봤다. 히데오가 이 상황은 데이트가 아니라고 잘라 말하는 순간의 부끄럽고 당혹스러운 마음이 오랫동안 가시지 않았다. 한편으로는 남자애가 영도에게 전했을 말, 그 말을 들은 영도의 반응 같은 걸 끝도 없이 상상하게 됐다. 시간이 조금 더 흘러서는, 놀랍게도 영도와의 첫 데이트를 떠올리고 있었다. 영도와 칵테일바에 갔던 날에도 비슷한 상황이 있었다. 바텐더가 나에게 옆에 앉은 남자가 남자친구냐고 물었던 것이다.

"노력 중이죠."

나와 바텐더의 대화를 듣고 있던 영도는 망설임 없이 끼어들었다. 그러자 바텐더는 그를 응원한다면서, 말린 오렌지를 한 조각 얹은 공짜 칵테일을 만들어 내 앞에 밀어주었다. 생각해보면 영도는 자신이 언제 어디에서 주도권을 잡을 수 있는지 알았고, 그 상황이 닥치면 절대 놓치지 않았다.

영도의 후배가 돌아가자 히데오는 기억 자로 꺾인 비좁은 가게 내부를 요령 있게 오가며 물과 단무지를 담아왔다. 우리는 필담으로 나누던 대화를 이어갔지만, 나는 방금 전의 상황에 마음이 붙들려 있었다. 내가 정신을 차린 건 히데오가 내가 쓴 희곡의 이름을 언급했을 때였다.

"누나네 팀에서 배우 구한다며?" 히데오는 그렇게 말하고는 잠시 나를 바라봤다. "나도 그 연극 지원해보려고."

히데오가 말한 연극의 제목은 '따귀 게임'이었다. 그

건 내가 학교에 입학하고 나서 쓴 여섯 번째 희곡이자 2학년 2학기 전공 수업의 과제였다. 내가 그때껏 쓴 글 중 가장 좋은 작품이기도 했다. 학기 말이면 이 희곡을 낭독극 형태로 공연에 올려야 했는데, 그 공연에 대한 평가가 곧 학교에서 보낸 2년에 대한 평가가 될 것이었다. 연출을 맡은 지윤도 나와 상황이 똑같았다. 우리는 학교 근처의 카페에서 만나 공연 준비에 대해 의논하곤 했는데 대체로는 잡담만 나누다 헤어졌다. 인물들이 맞고 때리는 장면을 어떻게 처리할지가 지윤의 골칫거리였고, 나는 사소한 뉘앙스를 바꾼답시고 대사를 고치고 또 고쳤다. 무엇보다, 주연 배역 중 하나가 여전히 공석으로 남아 있는 것이 가장 큰 문제였다. 우리는 에브리타임과 학교 홈페이지에 구인 공고를 올려두었지만 히데오를 만나기 전까지 적당한 지원자를 찾지 못했다.

그날 나와 지윤, 그리고 히데오는 조촐한 오디션을 치를 예정이었다. 나는 가장 먼저 도착해 묵직한 자주색 커튼을 걷고 창을 열었다. 그 순간에 밀려들던 가을 공기와 선명하게 보이던 창밖 풍경이 기억난다.

히데오는 조금 긴장된 표정으로 강의실에 들어섰다. 무릎이 반들반들한 회색 슬랙스에 흰 셔츠, 군데군데 보풀이 일어난 니트조끼를 입고 진흙이 말라붙은 반스 운동화를 신고 있는 모습이 내가 상상했던 작품 속 불량소년과 비슷했다. 히데오는 강의실 한가운데 놓인 의자에 앉아 대본을 읽기 시작했다. 잠시 뒤 곁에 앉아 있던 지윤이 가볍게 내 허벅지를 두드렸고, 나는 곧 지윤도 나와 같은 생각임을, 우리는 히데오와 함께 낭독극을 올리게 될 것임을 알았다.

〈따귀 게임〉은 어느 고등학교에서 열린 학교폭력위원회 회의에서 시작되어 거기서 끝난다. 등장인물은 모두 넷인데, 학폭위의 내부 위원인 교사 둘과 학폭위를 요청한 모범 소년, 그리고 학폭위에 회부된 불량소년이다. 모범 소년은 불량소년에게 매일 따귀를 맞았다고 신고했으며 이 혐의는 불량소년도 인정하는 바다. 다만 불량소년은 이 모든 건 모범 소년의 요청에 따른 것이라고 주장한다. 작가 지망생인 모범 소년이 자신에게 도움을 청했다고, 모범 소년은 고통스러운 경험을 한 사람만이 좋은 글을 쓸 수 있다고 믿고 있다고 불량소년은 말한다. 그래서 불량소년은 모범 소년에게 아버지로부터 학대받은 이야기를 들려주고, 자기 이야기에 값을 매겨 매일 저녁 모범 소년을 때려주었다는 것이다. 히데오는 불량소년이 되어 자신이 학대받은 이야기의 한 대목을 낭독했다. 이야기를 마친 뒤에는 옆에 앉아 있을 가상의 모범 소년에게 고개를 돌렸다.

"오늘의 이야기는 여섯 대 반이야. 동의하지?"

히데오는 고갯짓을 해서 확인을 받은 다음 의자 밑에 놓여 있던 바람 빠진 농구공을 집어들고 손바닥으로 때리기 시작했다. 농구공을 잡고 있던 왼손이 공을 때리는 오른손에 힘없이 밀려나고, 히데오는 의자 위에서 휘청거렸다. 오디션용 대본은 거기까지였다. 히데오가 혼자 괴상한 춤을 추는 것 같은 동작으로 정확히 여섯 대 반을 다

때렸을 때 오디션이 끝났다. 히데오가 강의실을 떠난 뒤 지윤은 신이 나서 말했다.

"감정을 폭발시키는 데 재능이 있는 것 같아."

잠시 뒤 나는 히데오에게 전화를 걸어 합격 사실을 알렸고, 히데오는 괜찮다면 잠시 뒤 저녁을 함께 먹겠냐고 내게 물었다.

"그러고 싶은데 영화학도가 볼일이 있대서." 나는 그렇게 말한 다음 재빨리 덧붙였다. "너 한 시간 정도 기다릴 수 있어?"

영도는 기숙사 로비에 서서 휴대전화를 들여다보고 있었다. 익숙한 모습이었다. 가을이면 자주 입던 무릎까지 내려오는 야상 재킷을 걸치고 있었는데, 내 눈에는 덥고 거추장스러워 보였다. 그는 어젯밤 늦게 문자메시지를 보내 내게 빌려준 책을 가져가고 싶다고 전했다. 얼마 전 시작한 새로운 시나리오 작업에 꼭 필요하다는 거였다. 나는 이참에 그의 물건들을 정리할 작정으로 밤늦게까지 그의 물건들을 추렸다. 혹시라도 물건이 망가져 시비가 생기지 않도록 박스 아래에 다 쓴 이면지를 깔아두고 우리가 연인이던 시절에 영도가 내게 떠안기듯 건네준 영화 잡지와 책 몇 권, 기숙사에서는 들을 수도 없었던 관상용 음반들을 전부 담았다. 상자를 돌려주는 일을 상상하는 동안엔 내심 통쾌하기도 했는데, 내 기대와 달리 영도는 시큰둥한 표정으로 상자를 받아들었다. 상자 속에서 자기가 말한 책을 찾을 생각도 하지 않고 영도는 말했다.

"아 근데, 저번에 너랑 같이 있던 애 있잖아. 걔 일본인이었다가 귀화했다며?"

"귀화라고? 아니야."

나는 히데오가 히데오인 것을 까마득히 모른 채 대꾸했다. 영도는 손에 들린 상자를 한번 추어올리곤 자신 있게 말했다.

"몰랐나보네. 연극원 사람들은 다 아는 얘기야. 입학서류 관리하는 교직원한테서 나온 말인데."

나는 곧 영도가 이 얘기를 하려고 나를 불러냈다는 것을, 그런 만큼 영도는 자기 말이 진짜라고 굳게 믿고 있다는 것을 알았다. 그러자 수다스러운 동기들 사이에서 입을 다물고 있던 히데오가 떠올랐는데, 어쩌면 방금 들은 얘기가 그날의 풍경에 대해 무언가를 설명해줄지 모르겠다는 생각이 들었다. 잠시 뒤 영도는 박스를 뒤적거린 다음 책 한 권을 내게 건넸다. 표지에 저자이자 내가 특별히 좋아하던 영화감독의 사진이 들어간 에세이집이었다. 그 감독이 미투 고발자들을 공개적으로 지지하고 있다는 사실은 잠시 뒤, 히데오와 함께 식당을 향해 걷는 동안 듣게 됐다. 우리는 영화와 연극과 그즈음 여러 분야에서 시작된 미투 운동에 대해서 이야기를 나눴지만 영도가 말한 그 일에 대해서는 언급하지 않았다. 그 대신 나는 히데오의 연기를 거듭 칭찬했다. 내 말은 모두 진심이었다. 히데오는 어느 대목에서 진심으로 분노해야 하는지, 어느 대목에서 진심을 숨기고 모범 소년과 교사들을 조롱해야 하는지를 직감적으로 알고 있는 듯했다. 히데오는 조금 전

펼쳐 보인 연기의 여운이 다 가시지 않은 듯 들뜬 얼굴로 중얼거렸다.

"대본 봤을 때부터 마음에 들었어. 그래서 꼭 하고 싶었어. 나는 항상…… 억울했거든."

"억울했다고?"

나는 저녁 내내 주머니 속에 넣어두고 만지작대던 영도의 이야기를 한 번 더 곱씹으면서 히데오의 다음 말을 기다렸다.

"나 어릴 때 일본에서 살았거든. 그때 일본 애들한테 맞아서 코뼈가 부러진 적이 있어."

"코뼈가 부러질 정도로 맞았다고?"

나는 조금 놀란 채로 히데오를 바라봤다. 히데오는 조금 멋쩍다는 듯 고개를 살짝 틀어 내 시선을 피하고 있었는데, 그래서 한번 부서졌다는 그의 날렵한 콧대가 더 잘 보였다. 그러고 보니 코가 왼쪽으로 조금 휘어진 것 같기도 했다. 히데오가 어렸을 때 일본에서 살았을 뿐 아니라 일본인이었다고, 일본인인 아버지는 여전히 교토에서 지내고 있다고 털어놓은 건 잠시 뒤, 우리가 찾아간 식당이 영업을 마친 것을 확인하고 다른 식당이 나올 때까지 조금 더 걸으면서였다. 이런 얘기를 하는 것은 처음이라고 말하면서, 그러나 이미 시작한 이야기를 끝까지 해야겠다는 듯이, 히데오는 제법 긴 이야기를 쉬지 않고 말했다. 그사이 해가 저물었고, 불그스름한 가로등 빛이 길 위로 드리워졌다. 우리는 소음방지벽으로 가로막힌 1호선 철길을 따라 외대 쪽으로 걸어갔다.

"그래서 그 배역도 꼭 하고 싶었어. 나도 사람들을 좀…… 때려주고 싶었어."

히데오는 그렇게 말하고 입을 다물었다. 때려주고 싶었다는 것이 이 이야기의 결말이자 자기가 〈따귀 게임〉의 불량소년 역에 지원하게 된 중요한 단서라고 생각하는 것 같았다. 다만 그 말은 그때껏 내가 어렴풋이 알고 있던 히데오가 할 법한 말이 아니어서 나는 좀 당황했다. 물론 전혀 이해할 수 없는 것은 아니었다. 일본의 초등학교에서 괴롭힘당했고 한국에서 학교를 다니는 동안에는 자신의 정체성을 숨겨야 했다는 히데오의 얘기를 방금 들었으니까. 그럼에도 당시의 내게 히데오의 억울함은 너무나 멀리 있는 감정이었던데다, 다소 낭만적으로 들리는 면까지 있었다. 내가 조금 당황하고 놀란 채로 애꿎은 지도 앱을 들여다보며 적당한 식당을 찾고 있을 때, 히데오가 이것 좀 보라며 갑자기 웃음을 터뜨렸다. 조금 전에 힘차게 농구공을 때린 탓에 히데오의 손바닥이 발갛게 부어올라 있었다.

"피부가 아직도 오돌토돌해."

히데오는 그렇게 말하며 한번 만져보라는 듯 손바닥을 내 쪽으로 미세하게 돌려주었다. 나는 히데오의 손바닥을 검지로 쓸었다. 과연 농구공 표면의 자잘한 돌기가 히데오의 손바닥에 남아 있었다.

히데오가 〈따귀 게임〉에 캐스팅되고 며칠 뒤, 처음으로 팀원 전원이 모인 대본 리딩이 있었다. 연출자와 작가,

네 명의 배우가 연극원 1층 연습실에 동그랗게 모여 앉았다. 연습에 앞서, 지윤은 학기 말 공연에서는 발을 설치할 예정이라고 설명했다.

"중식당 같은 데서 현관에 걸어두는 발이요. 모범 소년, 불량소년 사이에 놔둘 거예요. 두 분이 손이나 어깨로 발을 건드리면 발에 걸린 대나무나 유리가 부딪치면서 소리를 낼 수 있게요. 그 순간에 타격음 효과도 줄 거고요."

곧 교사1 역을 맡은 배우가 초기 지문부터 낭독을 시작했다. 지문이 대사로 넘어가고 대사들이 대화로 바뀌었다. 교사들이 모범 소년과 불량소년이 벌여온 따귀 게임을 설명한 다음 마침내 불량소년 히데오가 등장했다.

"모든 것은 모범 소년의 요청 때문에 일어난 일입니다. 저희는 거래를 한 거예요. 저는 제 고통을 모범 소년에게 나누어주고 모범 소년은 뺨을 내주는 거죠."

히데오가 말했고, 곧바로 모범 소년이 반박했다.

"하지만 그 거래는 신뢰와 정직을 바탕으로 합니다. 불량소년은 이 약속을 깨뜨렸어요. 불량소년은 매일 아버지에게 학대받은 일을 따귀로 환산해서 저를 때리기로 했지만, 알고 보니 그 애 아버지는 5년 전에 죽었더군요."

"아버지는 없지만, 제가 아버지에게 학대를 당했다는 건 분명한 사실이에요. 그건 없던 일이 되지 않아요. 저는 정확하게 제가 당한 만큼만, 그 고통을 따귀로 환산하여 모범 소년을 때렸습니다. 그리고 이 과정에서 저는 고통을 엄청나게 덜어냈어요. 제가 당한 그대로 저 약해빠진 애한테 했으면……."

히데오는 맞은편에 앉은 모범 소년을 노려보면서 중얼거렸다. 그리고 그즈음엔 너무나 분명하게 알 수 있었다. 나는 히데오에게 푹 빠져 있었다. 몸에 비해 조금 커 보이는 체크남방을 입고 연습실의 나무 바닥 위에 양반다리를 하고 앉아 있는 히데오를 가만히 바라보면서, 나는 그 사실을 담담하게 받아들였다.

나는 그때도 히데오가 나에게 마음이 없다는 걸 알고 있었다. 히데오는 나를 좋아했지만 내가 바라는 방식으로는 아니었다. 그의 감정이 달라질 가능성도 거의 없을 것 같았다. 다만 한 주에 두 번씩, 팀원 전원이 참석하는 대본 연습이 끝나면 히데오는 정해진 순서처럼 나에게 함께 걷기를 청했고, 걷는 동안엔 그때껏 누구에게도 말한 적이 없다는 이야기들을 내게 들려주곤 했다. 한국의 초등학교로 온 뒤 얼마나 열심히 한국어 발음을 연습했는지, 일본인 아버지에 대해 어떤 거짓말들을 지어냈는지, 그리고 그 모든 과정이 어찌나 피곤했는지. 이런 일이 몇 번 반복되자 나도 기대를 안 할 수가 없는 마음이 됐다. 돌이켜봐도 그 대화에는 분명 지나치게 내밀한 구석이 있었다. 히데오는 한국에서 학교를 다니는 동안 마주했던 여러 일들도 말해주곤 했다. 역사 시간이나 국어 시간이면 들려오던 일본에 대한 말들, 혐오와 경멸로 범벅이 된 말들을 히데오는 모두 기억했다. 하지만 그러면서도 그런 일들을 어떻게 받아들여야 할지 잘 모르는 것 같았다. 히데오는 한국인 어머니를 모욕하며 자신을 괴롭히던 어린이들과 교내 일본어 강사를 쪽바리라고 부르던 고등학생들이 다르게 보이지 않았다고 말하면서도 그 일을 똑같이 인종차별이라고 할 수 있는지는 확신하지 못했다.

"그래도 인종차별이 맞지. 아니면 그걸 뭐라고 해?"

나는 석연치 않은 마음으로 대꾸했다. 한국인이 일본인을 혐오하는 일, "쪽바리"니 "섬숭이"니 하는 말들은 당연히 인종차별이 맞겠지만 한국인이 일본과 일본인을 싫어하는 걸 그저 인종차별이라고 할 수 있는가 생각하면 마음이 좀 복잡해졌다. 히데오 역시 그런 점을 모르지 않았다.

"한국이랑 일본 사이엔 과거가 있잖아."

히데오의 이야기는 늘 그렇게 끝났고, 그러면 우리는 연극이나 학교생활에 대한 이야기로 화제를 바꾸곤 했다. 만약 시간을 되돌려서 그때로 돌아갈 수 있다면 나는 아마 다른 이야기를 들려줄 것이다. 한국과 일본 사이에 과거가 있고 그것은 전혀 청산되지 않았지만, 그럼에도 그 죄를 히데오가 감당해야 하는 것은 아니라고, 고등학교 일어 교사가 공공연하게 쪽바리란 말을 들었던 것은 인종차별이고 제노포비아라고 말이다. 물론 지금의 히데오에게는 그런 말이 더 이상 필요하지 않겠지만.

리허설 날 무대에는 비즈로 만든 발이 설치됐다. 나와 지윤은 리허설 며칠 전부터 남대문 시장을 돌며 여러 가지 색과 모양을 가진 비즈들을 사 모았고, 이틀 밤을 새워가며 배낭 가득 담아온 비즈를 여러 조합으로 꿰었다가 풀었다. 마침내 완성된 발은 불량소년과 모범 소년 사이에 놓였다. 불량소년이 손을 뻗어 모범 소년을 때릴 때 관객들에게 급작스러운 빛을 반사하는 효과를 줄 수 있도록. 지윤은 그렇게 해서 관객들이 산란하는 빛에, 지윤의 표현에 따르면 빛의 폭력에 노출되길 원했다.

히데오와 모범 소년은 같은 교복을 입고 무대 중앙에 앉았고, 교사1과 교사2가 그 양옆에 앉았다. 리허설이 진행되는 동안 지윤과 그날 하루 우리를 도와주기로 한 무대미술과 선배가 발과 조명의 위치를 여러 번 조정했다. 두 사람이 비즈 발과 조명의 위치를 미묘하게 바꾸며 조명을 껐다 켜는 동안, 나는 거의 텅 비어 있는 객석 한가운데에 앉아 어떻게 했을 때 찰랑거리는 비즈 발이 가장 눈부시게 빛을 반사하는지를 알려주었다.

"환한데 그냥 예쁘게 보여!"

"잠깐 반짝거리기만 해!"

"아주 환해!"

마침내 환한 빛이 어두한 소극장에 번쩍여서 저절로 눈이 감겼을 때, 눈꺼풀 안쪽에 박힌 빛의 파편이 눈을 파고들었을 때, 나는 머리 위로 커다랗게 동그라미를 그려 보였다. 그리고 환한 빛 속에서 히데오를 만났는데, 그 사람은 히데오가 아닌 히데오, 언젠가 히데오가 내게 말해준 또 다른 히데오였다.

히데오가 또 다른 히데오에 대해 들려준 건 공연이 얼마 남지 않은 어느 저녁, 오래 걷는 대신 연극원 건물 앞 평상에 나란히 앉아 잠깐 이야기를 나누었던 시간으로 기억한다. 그때는 몰랐지만 그 순간이 나와 히데오가 물리적으로나 정신적으로나 가장 가까웠던 순간이었다. 빛이 사라져가는 하늘을 바라보면서 히데오는 샛별이 보이겠다고 중얼거리고는, 점퍼 주머니에서 휴대전화를 꺼내 밤하늘을 찰칵찰칵 찍었다. 잠시 뒤에는 급작스럽게 진로를 바꿔 경기도 안양에서 강남의 연기학원을 오가던 고등학교 3학년 무렵의 이야기를 꺼냈다.

"집에 가는 버스에서 잠들어서 내릴 역을 한참 지나쳤던 적이 있었는데." 히데오는 말했다. "일어나보니까 창밖이 새카매서 여기가 어디인지 모르겠더라고. 그리고 갑자기 그런 생각이 들었어. 그때 엄마 아빠가 이혼 안 하고 다 같이 나고야로 갔으면 어땠을까 하고."

나고야. 히데오와 히데오의 부모가 완전한 일본인이 되기로 약속했던 곳. 나는 히데오의 이야기에 뭐라 답하지 못한 채 히데오를 바라봤다. 이윽고 히데오가 내게 물었다.

"누나는 내가 만약에 나고야에서 살았으면 어땠을 것 같아?"

"나고야에서 살았어도…… 지금이랑 비슷하지 않을까? 넌 그때도 비밀을 갖고 있겠지."

히데오는 고개를 끄덕였다.

"아마 그렇겠지? 근데 나는 계속 생각했어. 엄마 아빠가 다 일본 사람이면 내가 어땠을지, 반대로 다 한국 사람이면 어땠을지. 누나 생각엔 어땠을 것 같아?"

"그러면 너는 지금의 히데오가 아니고 다른 사람이겠

지."나는 그렇게 대답하고는 얼마 전 봤던 영화 이야기를 했다. "그 양자경 나오는 영화 있잖아. 거기 나오는 여러 가지 자아처럼 약간은 다르고 약간은 비슷하고, 그렇지 않을까?"

히데오는 자기도 그 영화를 봤다면서 밤하늘을 찍던 휴대전화로 영화 이미지들을 검색하기 시작했다. 그는 화려한 드레스를 입고 스포트라이트를 받는 영화 속 양자경의 이미지에 시선을 고정했다.

"있잖아, 누나, 나는 이런 사람이 되고 싶어."

히데오는 그렇게 말했는데, 그 말이 내게는 상처받지 않은 자신, 따돌림도 비밀도 없는 성장기를 가지고 싶다는 얘기로 들렸다. 그리고 나는 거의 직관적으로 영도를 떠올리게 됐다.

"그런 사람은 좀…… 끔찍할 수도 있지 않을까?"

나는 그렇게 말하고는 영도와의 일화를 들려주었다. 페미니즘 영화를 둘러싼 기이한 토론이 있었다고 나는 말했다. 영도와 막 사귀기 시작했을 무렵, 영도는 어떤 단편 영화제의 수상작이 마음에 들지 않는다면서, 어떤 남자 감독들은 비평가들에게 아부하기 위해 "페미 영화"를 만든다고 주장했다.

"그럼 페미니즘 영화는 여자 감독들만 만들어야 해? 그건 아니지."

내가 그렇게 묻자 영도는 화들짝 놀라서 외쳤다.

"여자 감독들이야 피해의식에 찌들었으니까 페미 영화 같은 걸 만들지."

히데오

　영도는 누군가가 페미니즘에 진지한 관심을 갖거나 페미니즘을 통해 자기 삶을 설명할 수 있다고 생각하지 못했다. 영도와 사귀는 내내 나는 영도에게 그 가능성을 설득하려고 애썼지만 영도는 흔들림이 없었다. 사실 영도와의 이런 일화는 끝이 없었다. 영도와의 반년 남짓한 연애는 이런 대화들로 점철되어 있었다.

　히데오는 내가 말한 영도가 끔찍하다는 데에 동의했지만, 내가 왜 자신과 영도를 연결시키는지, 어째서 또 다른 자신이 영도 같은 사람이 되었으리라고 짐작하는지는 이해하지 못했다. 그는 그저 상처받지 않은 자신, 따돌림도 비밀도 없는 성장기를 가지고 싶었을 뿐이었으니까. 그리고 나도 어떤 이유에서 두 사람을 이어 붙이는지는 설명하기가 어려웠다. 우리 대화는 잠깐 중단됐고, 잠시 뒤 히데오가 하늘을 바라보며 중얼거렸다.

　"진짜 별 보이겠다."

　몇 분 뒤에 정말 별들이 보이기 시작했다.

　공연 당일, 히데오는 누구보다 빛을 발했다. 우리 팀의 다른 배우들은 물론이고, 연극원 학기말 공연에 출연한 다른 배우들과 비교해도 그랬다. 그때 그가 겨우 스무 살이었고 연기과에서 이제 막 두 학기를 보냈다는 걸 생각하면 놀라운 일이었다. 〈따귀 게임〉 공연 이후 히데오는 연극원에서 제작되는 몇몇 작품에 불려 다니며 연기과에서 가장 바쁜 학생이 됐다. 영상원 학생의 졸업작품에도 출연했는데 그 영화가 국내 단편영화제들에서 주목

받으며 히데오도 덩달아 약간의 유명세를 얻었다. 그날의 공연을 마치고도 나는 히데오와 종종 연락을 주고받았고 몇 번의 긴 통화를 하기도 했지만, 직접 만나지는 못했다. 연락 횟수도 서서히 줄어갔다. 내가 히데오를 다시 본 것은 히데오가 휴학을 마치고 학교로 돌아왔을 때였는데, 그때 나는 졸업을 보류한 채로 도서관을 드나들며 졸업 작품을 쓰고 있었다. 개강하고도 거의 한 달이 다 지났을 무렵, 히데오는 내게 전화를 걸어왔다. 그때는 일 년 넘게 히데오와 아무런 왕래가 없었던 때였으므로 나는 꽤 오랫동안 휴대전화 화면에 떠오른 히데오의 이름을 바라봤다.

"누나. 잘 지냈어?"

마침내 휴대전화 화면을 밀자 히데오의 목소리가 튀어나왔다. 히데오는 예전에 우리가 가려다가 가지 못했던 식당 이름을 불러주며 기억이 나느냐고 내게 물었다. 물론 기억하고 있었다. 히데오와 함께한 거의 모든 것을 나는 소중하게 간직했으니까.

"거기 가볼래?"

히데오는 그렇게 물었고, 잠시 뒤 도서관 앞으로 나를 데리러 왔다. 덥수룩한 머리에 학과 마크가 새겨진 반팔 티셔츠를 입고 있는 히데오는 기억 속의 모습과 크게 다르지 않았다. 히데오는 나를 보고는 벤치에서 일어나 팔을 흔들었다. 우리는 예전처럼 걸었고, 그사이 문을 닫거나 새로 생긴 학교 근처 가게들에 대해 이야기했다.

나는 히데오에 대한 마음이 그다지 달라지지 않았다는 걸 씁쓸하게 깨달으면서 그의 안부를 물었다. 히데오

는 최근에 치른 몇 번의 오디션 이야기를 들려줬고, 요즘
엔 자기를 알아보는 사람들이 종종 있다고 자랑을 하기도
했다. 그러고는 어제 학보사와 인터뷰를 했다고, 이제는
학보사 일을 하지 않느냐고 내게 물었다.

"그만둔 지 한참 됐지." 나는 말했다. "인터뷰에서 무
슨 얘기 했는데?"

"이런저런 얘기. 〈따귀 게임〉 얘기도 했고. 아, 그리
고 나 어렸을 때 얘기도 해줬지." 히데오가 대답했다. "일
본에서 있었던 일들."

나는 놀라움을 숨긴 채 히데오를 바라봤다. 히데오는
심상한 표정으로 고개를 끄덕였다. 잠시 뒤 나는 히데오
의 비밀이 더는 비밀이 아니라는 것을 알게 됐다. 그의 동
기들이며 함께 일한 연극원 사람들 대부분이 그가 한때
일본인이었다는 걸 알고 있다고 히데오는 설명했다.

"너 되게 편해졌구나."

내가 말하자 히데오는 웃음을 터뜨렸다.

"그런 일에 집착하다니 지금 생각하면 좀 웃겨. 그땐
무슨 대단한 비밀처럼 생각했는데."

나는 조금 놀란 채 히데오의 웃음기 가득한 얼굴을
바라봤다.

"그럼 넌 이제 비밀이 없어?"

히데오는 또 한 번 웃음을 터뜨리고는 고개를 저었다.

"아니, 새로 생긴 비밀이 아주 많지."

히데오는 새로운 비밀들을 말해줄 용의가 있어 보였
지만 나는 묻지 않았다. 그날 이후 나는 히데오를 다시 만

나지 못했다.

졸업 후에 나는 공연예술 소식을 전하는 잡지사에서 반년쯤 기자로 일했고, 그런 뒤에는 어린이책을 만드는 출판사에 들어가 편집자로 일하기 시작했다. 지윤은 소규모 영상 프로덕션에서 일하고 있다. 한때 우리는 〈따귀 게임〉을 수정해 낭독극이 아닌 정식 공연으로 올리는 일에 골몰했지만 성공하지는 못했다. 〈따귀 게임〉에 참여했던 사람 중 전공과 관련된 일을 지속하고 있는 사람은 히데오가 유일하다. 얼마 전에 그는 촉망받는 신인 감독의 영화에도 비중 있는 조연으로 출연했고, 몇몇 기사에서 "충무로의 신성"이라는 찬사를 들었다. 이제 히데오는 그를 찾는 인터뷰마다 자신의 어린 시절 이야기를 들려준다. 그의 레퍼토리는 늘 비슷하다. 어렸을 때 일본에서 자랐으며 그곳에서 심각한 이지메를 당했다고 고백하고, 그래서 한국으로 이주하여 보낸 학창 시절이 소중하다고 강조한다. 일본에서도 한국인 정체성을 포기하지 않았던 어머니에 대한 사랑을 전한다. 그리고 그의 이야기를 읽을 때마다 나는 이제 더는 히데오가 아닌 히데오를 히데오라고 부르곤 한다.

사랑 접인 병원

임선우

2019년 『문학사상』 신인문학상을 수상하며 작품 활동
을 시작했다. 소설집 『유령의 마음으로』 『초록은 어디에
나』, 단편소설 『0000』 등을 썼다. 2023년 김유정작가상
을 받았다.

약지 교환식

손가락을 씨앗이라고 생각해보세요. 흰 종이 위에 다섯 손가락을 그리자, 연인은 진지한 얼굴로 그것을 내려다보았다. 우리 몸의 일부였던 손가락은 씨앗이 되어 사랑하는 사람의 몸과 마음에 뿌리를 내립니다. 나는 그림 속 약지 위로 빗금을 그어가며 말을 이었다.

서로의 손가락을 교환해서 이식하는 순간 나의 신체는 너의 신체가 되고, 나의 정신 또한 너의 정신과 하나가 됩니다. 나와 너의 구분이 무의미해지면서 너를 사랑하는 일이 곧 나를 사랑하는 일이 될 테니까요. 단 5일이면 평생을 함께할 소울메이트가 완성되는 겁니다. 설명을 마치자 연인은 말없이 서로 눈빛을 주고받았다.

제일 이른 수술 날짜가 언제인가요? 마침내 남자가 물었다. 나는 모니터로 일정을 확인한 다음 10월 25일이라고 대답했다. 지금은 7월 중순인데요. 예약이 많이 밀려 있어서요. 그러자 조용하던 여자가 입을 열었다. 회복은 얼마나 걸릴까요? 저희가 크리스마스이브에 결혼식을 올리거든요. 보름이면 일상생활이 가능하십니다. 결혼식 한 달 전에 하시는 분들도 많아요. 나는 미소 지으며 그들을 안심시켰고, 두 연인은 수술 동의서에 사인했다.

임선우

환자등록번호	
성명	

사랑 접인 병원 수술 동의서

접인 수술 설명 사항

① 접인 수술은 두 사람의 혼인 또는 생활 동반자 관계를 증진하고 공고히 하는 데 목적이 있습니다.

② 접인 수술 대상자는 수술 일주일 전부터 매일 같은 시간 세포 기억 능력 강화 약물과 면역 억제제를 복용합니다.

③ 접인 수술 당일 손가락 하나를 절단하고, 같은 부위에 상대방 손가락을 이식받습니다. 이때 손가락의 세포는 상대의 특정 경험, 성격, 취향을 전달합니다.

④ 수술 후 발현 가능한 대표적인 부작용으로는 손가락 감각 저하, 마비, 통증, 두통, 불면증, 야경증, 악몽, 우울감, 혼란, 해리성 정체성 장애, 환청, 그리고 트라우마 등이 있습니다. 부작용 발생 시 의료진에게 신속하게 보고해주십시오.

⑤ 수술 후 5일간 입원 생활을 합니다. 접인 소요 시간은 평균 5일입니다. 높은 접인 친화력*을 위해서는 퇴원 후에도 두 사람 간의 충분한 정서적 교류가 필요합니다.

상담사 :   (서명 또는 날인)

담당의사 :   (서명 또는 날인)

접인 친화력: 접인 상대의 신체 세포가 성공적으로 활착되어서 정신적 결합이 잘 이루어진 상태. 접인 친화력이 높을수록 상대와 나의 경계선이 희미해지면서, 상대를 나 자신으로 인식하게 된다.

사랑 접인 병원

다음의 사항을 확인하고 동의합니다.

① 접인 수술 결과에 대해 100% 만족을 보장할 수 없음을 이해했습니다.
② 접인 수술로 인해 불가항력으로 발생할 수 있는 합병증의 가능성을 충분히 인지하고 있습니다.
③ 접인 수술을 통해 상대방의 트라우마와 부정적인 면모 또한 본인의 일부로 받아들일 수 있음을 이해했습니다.
④ 의학적 처치를 주치의의 판단에 위임하여 접인 수술 시행에 동의합니다.

20___년 __월 __일 __시 __분

환자명 :　　　　　　　　(서명 또는 날인)
생년월일 :
집 전화 :
주소 :　　　　　　　　　　　휴대전화 :

환자가 제출해야 할 서류
1. 주민등록증 사본 또는 여권 사본
2. 혼인 관계 증명서 또는 생활 동반자 등록 증명서

사랑 접인 병원장 귀하

사랑 접인 병원 에이스

사이비 교주를 하지 그랬어요. 선배랑 상담한 사람들은 홀린 듯이 수술 날짜를 잡네요. 점심시간 식당 맞은편에 앉아 있던 은금이 말했다. 교주는 싫어. 왜요? 주말에 일하잖아. 은금은 한심하다는 듯 나를 바라보다가 소문이 진짜냐고 물었다. 무슨 소문? 희망 병원에서 상담실장 자리 제안받았다면서요. 나는 대답 대신 계란말이를 입에 넣었다. 소문 한번 빠르구나…….

설마 받아들였어요? 이직하시려고요? 재차 묻는 은금에게 고개를 내저었다. 안 가, 여기에 뼈를 묻을 거야. 선배 없으면 우리 병원 큰일 나요. 은금이 그제야 밥을 한 술 뜨면서 말했다. 은금은 지난겨울에 입사한 내 직속 후배 상담원인데 아무리 보아도 병원 선택을 잘못한 듯했다. 은금에게 이 병원은 뭐랄까, 너무 진지했다.

사랑 접인 병원에서 접인(椄人)은 접목에서 파생된 단어로, 식물을 접붙이듯 사람 신체 일부를 절단해서 타인에게 이식하는 것을 뜻했다. 이론상 어느 신체 부위든 가능했으나 은금과 내가 근무하는 병원에서는 손가락만을 다뤘다. 그중에서도 가장 인기 있는 부위는 왼손 약지와 소지. 약지는 수술 흉터를 결혼반지로 가릴 수 있다는 이점이 있었고, 소지는 다른 손가락에 비해 기능성이 떨어지기에 합리적인 선택이었다.

왜 멀쩡한 손가락을 절단하느냐고? 그야 사랑하니까. "5일 만에 당신의 소울메이트를 만들어 드립니다"는 사랑 접인 병원의 대표 홍보 문구였다. 세포 기억 현상(신체 세포가 기억이나 경험을 저장하고 이를 다른 사람에게 전달하는 현상.) 강화제와 면역 억제제 신약이 개발되면서 접인 수술이 생겨났고, 이를 통해 타인과의 정신적 결합이 가능해졌다. 5일이면 상대와 나의 주요 기억이 공유되었고, 성격과 취향, 심지어는 입맛까지 일치시킬 수 있었다. 그리하여 우리는 사랑하면 서로의 약지에 반지를 끼워 주던 시절을 지나 서로의 약지를 자르는 시대를 맞이하게 된 것이었다.

그런데 은금은……. 나는 젓가락으로 콩자반을 집는데 자꾸만 실패하는 은금을 물끄러미 바라보았다. 사람들에게 접인 수술을 설득하기에는 너무 천진하달까. 은금의 상담실에서 나오는 연인들의 표정은 늘 복잡미묘했고, 아니나 다를까 수술로 이어지는 경우가 드물었다. 붙임성이 좋으니 접인 병원이 아니라 동네 한의원으로 갔으면 어르신들에게 듬뿍 사랑받았을 텐데. 왜 그렇게 쳐다봐요? 숟가락으로 콩자반을 떠먹다 말고 은금이 물었다. 아무것도 아니야.

그보다 선배, 뉴스 봤어요? 올해 상반기 접인 수술 불만족 신고 수가 작년의 세 배가 넘는대요. 작년보다 세 배 더 많은 사람이 수술받았나보지. 심드렁하게 대답하자 은금도 덩달아 그런 건가, 했다. 하기야 선배는 대처를 잘하니까 컴플레인이 늘어나도 문제없겠죠, 제가 문제죠. 나도 그렇게 생각해. 뭘요? 나도 네가 문제라고 생각한다고.

실종 신고는 182

은금한테 괜히 입방정을 떨었나. 상담실 책상 맞은편에 다소곳하게 앉은 김애주씨를 바라보며 나는 조용히 반성했다. 접인 병원 특성상 컴플레인은 언제나 많았다. 왜 상대의 단점이 수술 후에도 여전한지, 왜 나는 변했는데 상대는 그대로인지 등등. 3년간 온갖 경우를 봐왔지만, 김애주씨와 같은 컴플레인 접수는 나로서도 늘 긴장되었다.

이이가 사라졌어요. 지난주 토요일 아침에 일어나보니 사라졌더라고요. 김애주씨가 자신의 왼손을 내려다보며 말했다. 희고 고운 손에 이질적으로 투박한 약지가 눈에 띄었다. 환자 기록에 의하면 김애주씨는 5년 전 남편과 함께 접인 수술을 받았는데, 5년 전이면 국내에서 접인이 막 시행되던 시기였다.

남편분께서 실종되셨나요? 당황해서 묻자 김애주씨는 고개를 끄덕이며 42세 박민철은 잘 살아 있고, 실종된 건 자신 안에 있던 37세 박민철이라고 대답했다. 나는 잠깐 생각한 끝에 입을 열었다. 그러니까 실제 박민철씨가 아니라 김애주씨에게 접인된 박민철씨가 사라졌다는 말씀인가요? 맞아요, 바로 그거예요.

접인하고 처음 1, 2년은 꿈만 같았다고 김애주씨는 말을 이어갔다. 박민철의 즉흥적이고 사교적인 면이 버거웠는데 저 또한 그렇게 되니 부딪칠 일이 없었어요. 평생 시달려온 불면증도 말끔히 사라졌고요. 모든 것이 완벽하다고 생각하던 중 박민철 마음이 변했어요. 김애주씨는 그 대목에서 목소리가 떨렸으나, 눈물 흘리는 대신 꿋

꿋하게 말을 이어나갔다. 박민철은 이전의 제가 그립다고 했어요. 제가 많은 사람과 어울리고, 일상이 불규칙해지는 것이 마음에 들지 않는다면서요. 결혼생활은 그렇게 끝났지만, 이혼 후에도 박민철은 제 안에 남아 있었어요.

김애주씨는 내 눈을 바라보면서, 자신이 지난 8개월간 접인된 박민철과 대화하며 지냈다고 말했다. 박민철, 하고 이름을 부르면 제 안에서 박민철 목소리로 왜, 라는 대답이 들려오는 식이었어요. 아침에 눈 뜬 순간부터 밤에 잠들기 전까지 대화가 끊이질 않았고, 접인했기 때문에 서로 의견이 어긋나거나 갈등이 생기는 일도 없었죠.

그동안 저는 박민철처럼 웃었고, 박민철처럼 농담했고, 박민철처럼 양말을 짝짝이로 신고 다녔고, 박민철처럼 아침 라디오를 들었고, 박민철처럼 꿈을 꿨고, 박민철처럼 술잔을 기울여줄 사람들을 찾아다녔고, 박민철처럼 화를 냈고, 박민철처럼 어느 날에는 훌쩍 여행을 떠날 수 있었어요. 지난주 토요일까지는 정말로 그랬어요.

지난주 토요일에 무슨 일이 있었나요? 내가 물었다. 김애주씨는 아무 일도 일어나지 않았고, 바로 그 점이 문제였다고 했다. 아침에 눈을 떴는데 가슴이 텅 비어 있었다고. 박민철, 하고 불러보아도 아무런 대답이 없었어요. 제 안에 살고 있던 박민철이 어디론가 영영 떠나버린 거예요. 더는 농담하고 싶지 않았고, 라디오를 켜고 싶지 않았고, 사람들 연락에 답하고 싶지 않았어요.

박민철이 사라진 원인은 대충 짐작이 가요. 김애주씨는 그렇게 말했다. 지난주 금요일에 저희 집에 엄마가 찾아왔는데, 박민철은 우리 엄마와 그다지 사이가 좋지 않았거든요. 엄마와 대화하는 동안 잠시 무심했었는데, 아무래도 그때 감정이 상해서 떠난 듯해요. 대체 어떻게 하면 사라진 박민철을 찾을 수 있을까요? 김애주씨는 182에도 신고해보았지만 도움을 받을 수 없었다고 했다. 182요? 되묻자 실종신고 번호라는 대답이 돌아왔다. 그러니까 선생님, 하고 김애주씨가 내 오른손을 덥석 잡으면서 말했다, 제발 박민철 좀 찾아주세요.

　퇴근길 버스에서의 짧은 대화
산악회 회장을 하지 그러셨어요. 은금이 말했다. 싫어. 내가 대답했다. 에어컨이 고장 났는지 버스 내부가 바깥처럼 후덥지근했다. 왜요? 단체생활이랑 안 맞아. 오후에 김애주씨를 진정시키기 위해 은금에게 카모마일 차를 부탁했는데, 차를 내려놓으면서 상담을 엿들은 모양이었다. 전에도 다른 고객한테 등산을 권하신 적 있잖아요. 부장님도 아니고 왜 자꾸 그러신대. 고개 돌려 바라보자 은금은 내 눈길을 피했다.

　　오늘 낮에 나는 김애주씨에게 두 가지를 질문했다. 무릎 관절은 안녕하신가, 지병은 없으신가. 모두 그렇다는 대답이 돌아오자 나는 김애주씨에게 등산을 권했다. 박민철이 산속으로 숨어들어간 것도 아닐 텐데 왜 산을 타라고 하시는지…… 우물거리는 김애주씨에게는 박민철과의 접인 친화력을 높이는 데 등산이 좋다고 둘러대며 일주일 뒤 다시 상담 예약을 잡았다.

일찍 자고 일찍 일어나세요, 햇빛 보면서 운동하세요, 자연 속에서 명상하세요. 이 말을 한 단어로 줄이면 등산이잖아. 지금의 김애주씨한테는 그게 필요해. 내릴 때가 되면 깨워달라는 말을 끝으로 나는 눈을 감았다. 잠시 뒤 은금은 하차 벨을 누른 다음 내 어깨를 두어 번 가볍게 두드렸다. 선배, 내일 봬요.

복도식 아파트 사람들

낡은 복도식 아파트에서 5년째 살고 있다. 이곳 생활의 특이점이라면 복도 흡연이 가능하다는 것과 같은 층에 사는 할머니가 하루 중 대부분을 복도에 놓인 의자에 앉아서 보낸다는 것. 처음에는 할머니가 있으면 1층으로 내려가서 담배를 피웠는데, 언젠가 할머니가 나를 보더니 주머니에서 담뱃갑을 꺼낸 뒤로는 같이 담배를 피운다. 내가 느려터진 아파트 엘리베이터를 욕하거나 시답잖은 날씨 이야기를 꺼낼 때에도 할머니는 고개만 끄덕일 뿐 별다른 말이 없었다. 각자 생각에 잠긴 채 담배를 피우다가 가볍게 인사하고 돌아서기, 나로서도 그쪽이 편했다.

오늘도 집에 들어가기 전 할머니와 마주쳤고, 복도에서 나란히 담배를 피우는 동안에는 김애주씨를 생각했다. 간혹 김애주씨 같은 고객들이 있었다. 접인 수술을 했음에도 동반자와 헤어지고, 이별을 부정하고자 자신에게 접인된 상대의 혼적에 집착하는 사람들. 접인 수술은 두 사람을 하나로 이어주긴 했으나, 문제는 인간이 계속해서 변한다는 사실이었다. 과거의 나와 오늘의 내가 같지 않듯이 접인 후 같아졌던 두 사람 또한 시간이 지날수록 또다시 다른 사람이 되어갔다. 그때가 되면 사람들은 접인 수술 효과에 의문을 품으며 혼란스러워했다. 나와 하나가 되었던 상대방은 어디로 간 거지?

당연한 얘기지만 박민철은 실종되지 않았다. (오로지 김애주씨 인생에서만 실종되었다.) 따라서 의사가 김애주 씨에게 내릴 수 있는 처방 또한 항우울제와 안정제 외에는 없었다. 김애주씨에게 필요한 것은 등산, 그리고 시간이 흘러 자신이 이별했다는 사실을 직면하는 것뿐이었다. 곰곰 생각해보면 이상한 일이었다. 접인 수술이 시행된 지 만으로 5년, 그사이 이혼율은 끊임없이 증가했다. 그동안 잘려나간 수천 개의 손가락들은 전부 무슨 의미였을까? (오늘 하루만 해도 나는 여섯 건의 수술 예약을 잡는 데 성공했다.) 순간 더운 바람이 불어왔다. 흐트러진 머리를 쓸어넘기는 사이 할머니는 의자 밑에 놓여 있던 재떨이를 집어들었다. 우리는 좋은 저녁 보내라는 인사를 나눈 뒤 각자 집으로 들어갔다. 할머니는 1101호, 나는 1104호로.

한여름이지만 뜨거운 물로 씻고 나와서 찬물을 마셨다. 열세 평짜리 집 안은 물속처럼 고요하다가도 복도를 지나가는 이웃들 발소리가 간간이 들려왔다. 11층에 사는 사람들은 나에 대해 얼마나 알고 있을까? 그들은 의자 할머니가 담배를 피울 때 가끔 조용히 눈물 흘린다는 사실을 알고 있을까? 내가 그 눈물에 대해 전혀 묻지 않는다는 것도? 나는 이제 타인과 친밀해지고 싶지 않다. 그럼에도 복도식 아파트의 구조는 나에게 묘한 안정감을 준다. 일정한 간격을 두고 각자의 공간에서 살아가는 사람들.

새천년 건강 체조

사랑 접인 병원 근무 시간은 평일 오전 10시부터 오후 7시, 점심시간은 오후 1시부터 2시까지이다. 특이사항이라면 점심시간 끝나기 15분 전, 병원 건물 옥상 스피커에서 새천년 건강 체조 음악이 흘러나온다는 것. 병원장이 직원들의 건강과 사기충전을 위해 마련한 것이었는데, 참석자는 언제나 나와 은금뿐이었다.

은금, 나 오늘 상담 중에 반지 뺐다. 어깨를 돌리며 내가 말했다. 그게 왜요? 손날치기 하며 은금이 물었다. 고객한테 접인 경험을 밝혔다니까. 접인하는 사람들 마음을 모를 거라길래 홧김에 보여줬어. 그러자 은금은 금강막기하다 말고 나를 돌아보았다. 선배 접인 수술했어요? 나는 금강막기를 유지하며 은금에게 대답했다. 알고 있던 거 아니었어? 했어, 3년 전에.

선배 애인 없다면서요. 은금은 더는 체조할 생각이 없어 보였지만, 나는 혼자서 동작을 이어나갔다. 주먹 지르기, 발차기, 몸 비틀기. 그러다 멈춰 서서 입을 열었다. 3년 전쯤 수술했는데 1년 뒤 상대랑 헤어졌어. 왜요? 그 사람한테 다른 사람이 생겼으니까. 우리는 옥상 벤치로 가서 앉았다. 스피커를 통해 체조 노래가 계속해서 흘러나왔다. 그런 경우 흔하잖아. 상대에 대해 전부 알고 나면 오히려 마음이 식는 거. 내가 말했다. 선배 괜찮아요? 오래전 일이야.

나는 사랑 접인 병원이 처음 세워졌을 때부터 이곳에서 근무했다. 처음에는 두 눈으로 보고도 믿기 힘들었다. 이혼을 앞두었던 중년 부부가 수술하고 5일 만에 손잡고 병원을 나서는 모습이라던가, 만난 지 한 달 만에 결혼하는 예비 부부의 성격과 취향이 완벽하게 일치되는 모습을. 시간이 지나 익숙해질 즈음에는 나 또한 접인이 하고 싶어졌다. 애인의 시선으로 세상을 바라보고 싶었고, 그의 과거와 취향을 모조리 흡수하고 싶었다. 자꾸만 조바심이 들었다. 애인이 좋아하는 영화나 음악을 따라 보거나 듣는 것, 대화를 통해 서로를 알아가는 것이 한없이 더디게만 느껴졌다. 1년간 설득한 결과 수술에는 성공했지만, 애인은 떠났다.

그 뒤로 접인 병원에서 일하는 게 힘들지는 않았어요? 은금이 내 흉터를 들여다보며 물었다. 애인이 떠났을 당시에는 잠깐 그랬지. 버티니까 괜찮아졌어. 나는 진심으로 대답했다. 사건은 이미 벌어진 뒤였고 일자리를 포기하고 싶지 않았다. 재작년 유명 영화감독과 그의 뮤즈였던 배우가 접인해서 만든 영화가 각종 영화제 상을 휩쓴 적이 있었다. 나는 그 영화를 여섯 번 보았는데, 엔딩 크레딧이 올라갈 때마다 객석에 앉아 눈물을 훔치며 생각했다. 나에게 잘못된 선택이었을 뿐 접인 자체가 나쁜 것은 아니라고.

은금, 너는 삶에서 두려운 게 있어? 이번에는 내가 은금에게 물었다. 스피커에서 흘러나오던 음악도 어느새 멈

추고 고요해진 옥상, 점심시간이 3분 남은 병원 옥상에는
우리 둘뿐이었다. 원장 선생님 호출이요. 은금이 멍한 얼
굴로 대답했다. 왜? 이대로 가다가는 곧 잘릴 것 같아서
요. 설마 진짜 잘리지는 않겠죠? 잠시 뒤에 은금이 말했
다. 선배 왜 대답이 없어요.

　　같은 날 오후 5시 37분에 한 생각
방금 상담실을 나간 연인은 11년째 동거 중이지만, 서로를
조금 더 이해하고 싶어서 올해 초 수술을 결심했다고 했
다. 나는 그들이 숨기는 이야기가 궁금하다고 생각하다가
이내 전혀 궁금하지 않다는 사실을 깨달았다.

　　같은 날 오후 7시 16분에 한 생각
버스가 좀처럼 오지 않는다. 은금은 저녁 약속이 있다고
해서 혼자 버스를 기다리던 중에 왼손을 들여다보았다.
전 애인과 내 손가락은 생김새가 무척 닮아서 수술 흉터
만 반지로 가리고 나면 원래 내 손처럼 감쪽같았다. 이별
후 한동안은 불안할 때마다 손톱을 물어뜯었다. 뜯는 중
왼손 약지에 통증이 생기거나 피가 맺히기도 했는데, 그
때마다 이상하다는 생각이 들었다. 한때 그 사람의 일부
였던 것으로 인해 지금 내가 이토록 생생하게 아플 수 있
다는 것이.

　　같은 날 오후 11시 15분에 한 생각
담배를 피우러 아파트 복도로 나가자 의자 할머니가 있었

다. 가까이 다가가자 할머니는 고개 돌려 나를 바라보았다. 늦은 시간이라 안 계실 줄 알았는데, 얼마나 오랫동안 이곳에 홀로 있었던 걸까? 밤늦도록 잠 못 이루는 이유가 있는 걸까? 처음으로 그의 나이가 궁금해졌다.

짜장라면에는 달걀프라이

토요일은 별일 없으면 은금과 동네 만화 카페에 간다. 원래는 주말마다 새벽 버스 타고 북한산 지리산 설악산에 가서 등산하는 것이 취미였는데 지난겨울 하산 도중 발목을 접질렀다. 의사는 늘어난 인대를 회복하려면 한 달간 움직임을 최소화하라고 했다. 집에 갇혀 있기 답답하다는 내 말에 은금은 같이 만화나 보러 가실래요, 물었고 그럼 그럴까, 하고 별 기대 없이 따라간 곳은 작은 천국이었다.

만화 카페 특유의 인조 가죽 소파에 앉아 무협지를 읽으면 가만히 앉아서도 산을 타고 하늘을 날아다닐 수 있었다. 배가 고파지면 은금과 소파에서 벗어나지 않은 채로 짜장라면을 시켜 먹었다. 주말마다 가죽 소파에 파묻혀 상상으로 무술을 수련한 결과 인대는 빠르게 회복했으나 산으로 돌아가는 일이 어쩐지 내키지 않았다. 이번 겨울까지만 쉬어야지…… 하는 마음이 여름까지 이어지고 있었다.

선배가 이렇게 꾸준한 사람인 줄 몰랐어요. 짜장라면 위에 올라간 달걀프라이 노른자를 터트리는데 은금이 옆에서 말했다. 카페 사장님이 이제 선배 얼굴만 봐도 코에서 짜장 냄새가 난대요. 나도 내가 이렇게 될 줄 몰랐어.

만화 카페 사장님이 끓여주는 짜장라면(4500원)을 반년째 매주 한 그릇씩 먹은 결과 2년간 등산하면서 빠졌던 지방이 모조리 돌아왔다.

전에는 나한테 등산이 필요했거든. 이제는 이게 더 필요한 것 같아. 내가 한 젓가락 크게 라면을 집어올리며 말했다. 은금은 괜히 이곳을 소개했다면서도, 단무지 그릇을 나에게 가까이 밀어주었다. 괜찮아, 지금이 훨씬 행복해. 나는 짜장라면 한 그릇을 깔끔하게 비운 다음 무협지를 펼쳤고, 축지법으로 산을 오르며 한숨 쉬는 은금과 빠르게 빠르게 멀어졌다.

이상한 낮: 현대인은 패키지 상품을 좋아한다
오늘은 결혼정보회사 회원들이 찾아올 거예요. 월요일 아침에 원장이 은금과 나에게 말했다. 결혼정보회사와 제휴해서 혼인신고한 회원들 대상 특가로 접인해 주는 프로그램을 만들었다는 것이었다. 형식상 사인만 하러 온 사람들이라서 힘들지 않을 거라고 원장은 덧붙였다. 결혼정보회사 가입서에 접인 수술 의향을 묻는 문항이 생겼는데, 전부 있음에 체크한 사람들이었다고.

오전 10시가 되자 상담실 문이 열리고 두 사람이 들어왔다. 나는 수술 안내사항을 읊었고, 그들은 내 말이 끝나기 무섭게 동의서에 사인했고, 잠시 뒤 다시 상담실 문이 열렸다. 일이 착착 진행되어서 공장에 있는 듯한 기분마저 들었다. 한두 시간 지나자 내 자리에는 수술 동의서 파일이 수북하게 쌓였다.

질문이 없네요. 점심시간 옥상에서 체조하며 은금이 말했다. 질문이 없어. 나 역시 체조하며 대답했다. 은금이 뭔가 좀…… 이라고 운을 떼어서 나는 이상하지?라고 받아쳤다. 기쁘다고 말하려 했는데요. 정말? 네, 매일 오늘 같았으면 좋겠어요. 은금은 한꺼번에 이렇게 많은 동의서를 받아낸 적은 처음이라고 했다. 은금 말을 듣다 보니 그런가 싶었다. 하기야 오늘은 상상 속 사람이 사라졌다고 실종신고하는 고객도 없었으니까. 그렇다면 오늘은 좋은 날일까? 그런데 왜 이렇게 진이 빠지지?

선배는 접인하기 전에 오래 고민했어요? 벤치에 앉아 숨돌리고 있을 때 은금이 물었다. 나는 아니라고 대답했다. 여기 있다 보면 최악의 상황도 보지만 가끔 기적도 마주하잖아. 나는 왠지 후자일 것 같았거든. 선배 같은 사람도 헛짚을 때가 있네요. 그 말에 고개 돌려 은금을 바라보았다. 은금은 내 눈길을 끝까지 피하다가 점심시간이 끝났다면서 건물 안으로 잽싸게 도망쳤다.

오후 상담 역시 오전과 비슷하게 흘러갔다. 한번은 회사에 반차를 내고 온 듯한 양복 차림의 남자가 동의서에 사인하기 전 물었다. 수술하면 이전의 나로는 절대 돌아갈 수 없겠죠? 질문보다는 중얼거림에 가까웠다. 그렇죠. 습관처럼 대답하다가 문득 깨달았다. 이들은 접인을 거부하는 순간, 결혼정보회사 가입서에 기입했던 '접인 의향 있음' 답변과 어긋나게 되는구나. 이들에게 접인 수술은 신뢰를 지키기 위한 증명이기도 한 셈이었다.

양복 남자는 펜 뚜껑을 열고도 곧바로 사인하지 않고

잠깐 시간을 끌었다. 짧은 순간 나는 남자가 동의서에 사인하는 대신 여자의 손을 잡고 상담실을 나가는 모습을 상상했다. 그러나 그런 일은 일어나지 않았고, 두 사람은 동의서 서명란에 자신들의 이름을 정갈하게 적어넣었다.

퇴근하고 집에 돌아오다가 복도 의자가 비어 있길래 앉아보았다. 가끔 빈 의자를 보면 앉아볼까 생각만 해보았지 실행에 옮긴 적은 이번이 처음이었다. 나무 의자에 앉으니 생각했던 것보다 훨씬 딱딱하고 불편한 데다가 시야가 아파트 난간벽에 의해 완전히 가려졌다. 눈에 보이는 것이라고는 오로지 흰 벽뿐. 그것을 바라보며 담배를 피우려는데 엘리베이터 문이 열리더니 옆집 남자가 내렸다. 그가 나를 지나치며 놀란 눈빛을 떠어서 나는 알아요, 원래 이 자리 주인은 따로 있어요, 속으로 중얼거렸다.

이상한 밤:
현대인들은 잠들기 전에 휴대전화를 본다
그날 밤 침대에 누워서 본 릴스는 다음과 같다.
☞ **열 명의 여자와 접인한 남자의 결말**
자세한 내용은 캡션을 확인하세요 ▼

애리조나에 사는 남성 존 브라운(37)은 열 손가락 주인이 전부 다르다. 공식적인 결혼은 두 번뿐이었으나 여덟 명의 생활 동반자들과도 접인했기 때문이다. 청소년 시절 그는 여성 편력이 심한 격투기 선수였다. 그러나 접인을 거듭할수록 남성 호르몬이 서서히 줄어들었고, 열 번째 생활 동반자 테일러와 접인을 마쳤을 때 그는 격투기 영상을 보는 것조차 힘들어졌다고 했다. "존은 무척 사려 깊고 다정해요" 테일러는 말했다. "그는 가끔 내 타로점을 봐줍니다. 두 번째 접인 상대가 타로 마스터였기 때문이에요. 끝내주게 대마초를 말 줄도 알아요. 여덟 번째 접인 상대 덕분이죠. 존이 그들과 접인하지 않았더라면 그와 사랑에 빠지지 못했을 거예요."

☞ 고양이가 접시에 담긴 우유를 핥아 먹는 영상

☞ 등산할 때 절대 하면 안 되는 보행법!!!

☞ "우리 사랑은 영원해" 자신만만했던 접인병자들 근황

☞ 공항에서 아이돌 해든을 습격한 사생팬! 목적은 손가락?

자세한 내용은 캡션을 확인하세요 ▼

18일 케이팝 페스티벌 참석을 위해 LA로 출국하던 아이돌 해든이 오늘 오전 인천공항에서 한 여성에게 습격당했다. 여성은 식칼을 들고 해든에게 접근했으나 경호원의 저지를 받고 체포되었다. 이후에 여성은 자신을 해든의 팬이라고 밝혔으며, 해든과 접인하기 위해 범행을 시도했다고 자수했다.

☞ 내가 퇴사하고 3년 만에 10억을 모을 수 있었던 이유

☞ 등산객이 산에서 곰을 만나는 영상

☞ 까마귀가 강아지 간식을 뺏어 먹는 영상

(이 릴스를 마지막으로 나는 5시간 37분간 잠든다.)

김애주씨가 두 번째 상담에 방문하지 않다

이날 오전에는 예약 시간이 지나도 김애주씨가 오지 않았다. 전화를 걸자 전원이 꺼져 있어 음성사서함으로 연결

된다는 안내음이 흘러나왔다.

퇴근길 버스에서의 긴 대화

은금, 나 오늘 비상 호출받았다. 퇴근 버스 안에서 내가
말을 꺼냈다. 무슨 일이었는데요? 고객이 접인 중단을 요
청했어. 트라우마 전이 때문에요? 응. 오후에 비상 호출
을 받고 병실로 달려가자, 젊은 여자가 바닥에 주저앉아
울고 있었다. 알고 보니 접인한 상대 남자가 전 연인을 상
습 폭행했던 가해자였던 것이었다. 폭행 당시 기억이 여
자에게 전달되며 트라우마를 안겨주고 있었다.

여자는 접인이 더 진행되기 전에 이식받은 손가락을
절단하겠다고 했어. 여자가 접인 중단 수술을 받는 동안,
남자는 예정일을 이틀 남겨두고 도망치듯 퇴원해버렸고.
내가 말했다. 남자는 중단 수술을 받지 않고요? 응. 자기
는 손가락을 두 번 절단할 수는 없다나 뭐라나. 그걸 도망
가게 내버려두면 어떡해요. 은금이 정색하며 말했다. 그
럼 어떻게 해. 본인 동의 없이는 수술이 불가능하잖아. 선
배가 냅다 잘라버렸어야죠. 그럴 걸 그랬나. 여자는 남자
가 그런 사람인 줄 몰랐대요? 은금이 물었고 나는 몰랐겠
지, 하고 대답했다.

접인하면 상대에 대해 내가 안다고 생각했던 모습은
상대가 나에게 보이길 바랐던 모습에 불과하다는 사실을
알게 된다. 사랑하는 사람의 마음을 캄캄한 방이라고 가
정해볼까. 오랜 기간 방 안에서 지내 어둠에 익숙해진 사
람이 이제는 마음을 훤히 들여다볼 수 있을 것 같다고 말

해도, 그가 조금만 더 주의를 기울여보면 벽이라고 생각했던 곳에 수많은 문이 달려 있음을 깨닫게 된다. 더 캄캄한 곳으로, 더 알 수 없는 공간으로 이어지는 수많은 문. 그렇다고 접인이 모든 문을 열어주는 것 또한 아니지. 다만 몇 개의 문을 남들보다 조금 더 빠르게 열어보게 할 뿐……. 곰곰 생각에 잠겨 있는데 은금이 하차 벨을 누르더니 내 어깨를 두어 번 두드렸다. 선배, 내일 봬요.

접인 중단을 요청했던 여자의 이름은 박소미. 박소미씨 퇴원일에 나는 은금과 함께 병실을 찾아갔다. 퇴원 축하드려요. 손은 좀 어떠세요? 내 물음에 박소미씨는 거즈가 붙여진 왼손을 내밀어 보였다. 통증이 많이 가라앉았어요. 의사 선생님께서 왼쪽 새끼손가락은 쓰임이 비교적 적어서 일상생활에 큰 불편은 없을 거래요. 그렇지만, 하고 박소미씨는 차분하게 말했다, 마음은 여전히 혼란스러워요. 나는 시간이 걸릴 거라고 대답했다.

손가락을 잘라낸 다음에도 계속 그 여자 꿈을 꿔요. 박소미씨는 꿈속 여자가 자신을 바라보며 공포에 질려 하는 모습을 보는 게 견디기 힘들다고 했다. 저는 제가 변했다는 것을 느껴요. 저도 전 남자친구처럼 나중에 누군가를 괴롭히게 되면 어떡하죠? 끔찍한 인간이 되어버리면요? 무슨 말을 하는 것이 좋을지 고민하는 사이 옆에 있던 은금이 입을 열었다.

싹을 도려냈으니 괜찮아요. 그 사람 손가락뿐만 아니라, 박소미씨 인생에서도 그 사람을 지웠잖아요. 저는 감자에 싹이 나면 도려내고 나머지는 그냥 먹거든요. 그래도 이제까지 탈 난 적은 한 번도 없었어요. 그러면서 은금은 접인 수술 동의서에 적힌 마지막 설명 문항을 읊어주었다. *높은 접인 친화력을 위해 퇴원 후에도 두 사람 간의 충분한 정서적 교류가 필수적입니다.* 이 말을 다르게 해석하면 상대와의 충분한 정서적 교류 없이는 접인도 성공적일 수 없다는 얘기예요. 은금의 말을 들은 박소미씨 얼굴이 전보다 한결 평온해지는 것을 바라보며, 나는 처음으로 은금이 있어서 다행이라고 생각했다.

　박소미씨와 인사를 나누고 은금과 나는 점심을 먹으러 병원 근처 돈가스집에 갔다. 저는 비상 호출 한 번 겪고 나면 한동안 밤에 잠이 안 와요. 계속 생각나고 안타까운 마음이 들어서. 선배는 안 그래요? 은금의 질문에 나는 퇴근하면 병원 일을 생각하지 않는다고 대답했다. 처음부터 그랬던 건 아니고 접인한 뒤에 그렇게 됐어. 상대가 워낙 덤덤한 성격이었거든. 부러워요. 부러우면 너도 접인해. 은금은 돈가스를 썰면서 선배가 저랑 접인해주실래요?하고 물었다. 싫어. 내가 손해야. 나는 은금이 썰어놓은 돈가스를 집어먹으면서 대답했다.

　퇴근하고 돌아오자 복도에 할머니가 앉아 있었다. 그 옆에 서서 담배를 피우다가 문득 얘기했다. 할머니 저 지난번에 의자에 앉아봤어요. 뜻밖에도 대답이 돌아왔다. 봤어? 뭐를요? 벽. 네, 앉으면 벽만 보이잖아요. 그러자 할머니는 말없이 담배를 피우다가 다시 입을 열었다. 이 벽은 그냥 벽이 아니야. 그럼 무슨 벽인데요? 질문하면

답이 보이는 벽. 그런 게 어딨어요. 농담인 줄 알고 웃었는데 할머니 표정이 진지했다. 그 바람에 나도 웃음기를 거두고 벽을 바라보았다.

할머니는 벽을 바라보면서 속으로 질문하라고 했다. 무슨 질문을 할까 생각하다가 나는 병원 그만둘까요? 하고 속으로 물었다. 잠시 뒤에 흰 벽 위로 '글쎄'라는 검은색 글씨가 또렷하게 나타났다가 사라졌다. 이게 뭐야. 나도 모르게 소리 내어 말했다. 대답을 하긴 하는데 제대로 안 해주는데요. 그러자 할머니는 담배 연기를 길게 내뿜은 다음 말했다. 친해져야지.

그동안 할머니가 의자에 앉아 있을 때마다 무척 고요하고 쓸쓸해 보인다고 생각했는데, 여태껏 벽과 깊은 대화를 나누고 있었던 것이구나. 매일 오가면서 보는 의자 할머니도, 아파트 난간벽도, 주의 깊게 들여다보지 않는 이상 그것에 대해 제대로 안다고 말하기는 어렵다. (그러고 보니 말이 통하지 않는 상대를 두고 벽과 대화한다고 표현하는 건 바뀌어야 하지 않나? 적어도 벽은 질문하면 대답을 해준다. 제대로 된 대답을 들으려면 친해져야 하지만······.)

새천년 체조는 아무튼 도움이 된다

상담실 문이 열리는 순간 작게 한숨이 나왔다. 조심스럽게 안으로 들어오는 남자의 정체를 이미 알고 있었다. 백발인데다가 자세가 구부정해서 언뜻 보면 노인 같아 보이지만, 실제 나이 57세인 박진우씨. 그의 소원은 7년 전 교통

사고로 인해 하반신이 마비된 아내와 접인하는 것이었다.

선생님, 안녕하세요. 박진우씨는 나에게 90도로 고개 숙여 인사한 다음 자리에 앉았다. 박진우씨, 지난번에 말씀드렸다시피 저희 병원에서는 접인해드릴 수 없어요. 나는 처음부터 안 된다고 못을 박았다. 박진우씨와 금요일마다 같은 대화를 반복한 지도 벌써 두 달째였다. 박진우씨 아내는 심한 우울증을 앓고 있었는데, 접인은 상대방 심리에 크게 영향을 미치기에 중증 정신질환자들은 접인 수술이 금지되어 있었다. 이 사실을 매주 열심히 설명해 보았지만 소용이 없었다.

선생님, 어떻게 방법이 없을까요. 박진우씨는 죄지은 사람처럼 고개를 푹 숙인 채 말했다. 올해 들어서 아내는 단 한 번도 외출하지 않았습니다. 식사량도 줄었고 말도 거의 하지 않아요. 이러다가 영영 아내를 잃게 될까봐 두렵습니다. 그러더니 박진우씨는 자리에서 일어나 말릴 새도 없이 바닥에 무릎을 꿇고 앉았다.

박진우씨, 얼른 일어나세요. 놀란 마음에 일으켜주려 다가갔으나 박진우씨는 꼼짝도 하지 않았다. 7년간 집에 갇혀 지냈던 아내에게 바깥세상에 대한 기억을 전해주고 싶어요. 더 나은 마음을 갖게 해주고 싶습니다. 저는 좋은 기억이 많은 사람도, 그렇게 밝은 사람도 아니지만 지금 아내에게만큼은 도움이 될 수 있을 것 같아요. 나는 그렇게 얘기하는 박진우씨 옆에 쪼그려앉아서 여느 때와 마찬가지로 힘겹게 입을 열었다. 그에게서 희망을 빼앗고 싶은 마음은 조금도 없었지만, 나로서는 도무지 방법이 없

었다. 박진우씨, 저도 원장 선생님께 여러 번 말씀드려보
았어요. 그렇지만 두 분은 접인 수술에 적합한 대상이 아
니에요.

그날 점심에는 은금과 샌드위치를 먹고 체조를 하러
갔다. 옥상 문을 열자마자 은금이 어어, 하고 소리쳐서 바
라보니 난간 위에 한 남자가 서 있었다. 백발에 구부정한
어깨. 박진우씨! 나는 옥상을 단숨에 가로질러 뛰어갔다.
박진우씨는 내 부름에 뒤를 돌아보았다. 박진우씨, 이러
지 말아요. 일단 내려와서 저랑 얘기해요. 대체 무슨 일이
일어나고 있는 걸까? 두 팔과 다리, 목소리가 주체할 수
없이 떨려왔다. 난간에 위태롭게 서 있는 박진우씨를 보
는 일은 전혀 현실감이 없었다.

선생님, 대화는 이미 충분히 나눈 것 같습니다. 박진
우씨가 나를 내려다보면서 말했다. 상담 때와는 전혀 다
른 차분한 목소리였다. 여기 말고 다른 접인 병원들도 많
이 가보았지만 전부 거절하더라고요. 이제 저는 아무런 희
망이 없어요. 그동안 제 얘기를 들어주셔서 감사했습니다.
그 말을 끝으로 박진우씨는 언제나 그랬듯이 나에게 90
도로 인사했다. 거기서 그렇게 인사하시면 어떡해요, 하
고 소리치는데 별안간 은금이 박진우씨의 숙인 고개를 그
대로 낚아채 우리 쪽으로 끌어당겼다. 박진우씨는 어어어
어, 하더니 그만 은금의 몸 위로 풀썩 쓰러져버렸다. 나 역
시 긴장이 풀리면서 옥상 바닥에 그대로 주저앉았다. 동
시에 옥상 스피커에서는 새천년 체조 음악이 흘러나왔다.

사랑 접인 병원

다행히 은금은 다치지 않았지만, 마찬가지로 긴장이 풀렸는지 나와 함께 옥상 바닥에 대자로 드러누웠다. 은금 박진우씨 나, 순서대로 바닥에 누워서 숨을 골랐다. 무덥고 습하고 쨍한 여름의 하늘. 잠시 뒤 박진우씨는 울음을 터뜨렸는데, 새천년 체조 음악이 다 끝나도, 머리 위로 커다란 구름이 몇 개씩이나 지나간 다음에도 그치지 않을 만큼 긴 울음이었다.

박진우씨, 진정하세요. 한참 만에 내가 말했다. 진정할 수 없습니다. 박진우씨는 우는 와중에도 그렇게 대답했다. 진정하셔야 저희가 방법을 생각해보죠. 그러자 박진우씨는 울음을 그치고 돌멩이보다도 조용해졌다. 이 분이 그분 맞죠? 두 달째 우울증인 아내분과 접인하게 해달라고 조르신다는 분. 은금이 물어서 맞다고 대답했다. 그러자 은금은 박진우씨를 향해 돌아눕더니 물었다. 어떻게든 접인하고 싶으신 건가요? 실패하거나 끔찍한 부작용이 생기더라도? 박진우씨는 그렇다고 했다. 무력한 채로 지금 상태를 계속 견뎌야 한다는 사실이 가장 괴롭습니다. 시도만이라도 해보고 싶어요.

원래 접인 수술은 상대와 신체 일부를 교환하는 거잖아요. 교환하지 않는다면 상대방은 장애 혹은 치명상을 입을 테니 일방적인 접인이 법적으로 금지된 것이고요. 은금은 바로 이 부분에서 꼼수를 부릴 수 있을 것 같다고 했다. 어떻게요? 박진우씨가 몸을 일으키며 은금에게 물었고, 나는 두 눈을 질끈 감았다. 은금이 입을 열기도 전에 무슨 말을 할지 알 것 같았다. 은금은 박진우씨에게 중요한 비밀이라도 알려주듯 속삭였다. 맹장을 떼어내는 거예요. 사랑 접인 병원에 오기 전, 은금은 맹장 수술 전문 병원에서 3년간 일한 적이 있었다.

박진우씨 맹장을 떼어내서 부인에게 이식하고, 박진우씨는 부인의 맹장을 이식받지 않는다. 그러면 박진우씨는 부인의 우울증에 영향을 받지 않으면서 신체에도 장애가 남지 않는다는 것이 은금의 주장이었다. 아무리 그래도 어떻게 맹장을. 내가 누운 채로 중얼거렸다. 맹장은 대장이 시작되는 부위에 주머니처럼 부풀어 있는 소화기관. 캄캄한 데서 음식물을 소화하기만 했지, 누군가의 일상 기억이나 취향을 전달하기에 적합한 부위는 아니었다. 그어떤 나라에서도 맹장을 접인에 사용하지는 않았다.

박진우씨 같은 경우에는 수술 후에 접인 친화력이 낮다는 것도 문제가 되지 않잖아요. 장담하기는 어렵지만, 긍정적인 감정 전달 정도는 맹장도 충분히 해낼 수 있을 것 같은데. 은금의 말에 차분하게 고민해보려던 찰나 옆에 있던 박진우씨 눈빛을 보고 깜짝 놀랐다. 박진우씨는 은금을 이미 작은 신처럼 바라보고 있었다.

그런데 우리 병원에서는 손가락만 다루잖아. 내가 은금에게 말했다. 여기서는 힘들 것 같고, 제가 일하던 병원에 연락해볼게요. 은금이 선선하게 대답했다. 맹장 병원에서 접인 수술을 해줄까? 게다가 일방적인 접인은 불법이잖아. 내 걱정에 은금은 잠깐 망설이는 듯하더니 털어놓았다. 다른 데면 거절당하겠지만 이 병원 의사가 제 동생이거든요. 뜻밖의 사실에 당황한 나와 박진우씨를 두

◎ 163 ◎

고, 은금은 전화하기 위해 잠시 자리에서 일어났다. 박진우씨. 나는 여전히 옥상 바닥에 누운 채로 그에게 말을 걸었다. 네? 박진우씨 심장 뛰는 소리가 여기까지 들려요.

잠시 뒤 자리로 돌아온 은금은 박진우씨에게 말했다. 세포 기억 능력 강화 약물과 면역 억제제를 처방해드릴 테니까 일주일 동안 드시고 나서, 아내분과 함께 이 병원으로 가세요. 여기로 가면 접인해주신다는 말씀인가요? 네. 상황은 잘 전달해드렸어요. 박진우씨 맹장은 아내분에게 잘 붙여드리겠다네요. 박진우씨는 은금의 손을 꼭 붙잡은 채 연신 감사인사를 했다. 하루 만에 천국과 지옥을 오간 박진우씨와 함께 병원 계단을 내려가는 동안, 나는 은금에게 물었다. 왜 동생 병원에서 나온 거야? 훨씬 대우가 좋았을 텐데. 그러자 은금은 대답했다. 병원 의사가 제 동생이잖아요.

보름 뒤 상담실 문이 열리고 익숙한 얼굴 하나가 동행인의 휠체어를 밀며 안으로 들어왔다. 박진우씨, 오랜만이에요. 나는 반가움에 자리에서 일어났다. 박진우씨 아내분은 박진우씨보다 열 살은 어려 보였는데, 그들은 놀랍게도 동갑내기 부부였다.

감사하다는 말을 직접 전해드리고 싶었어요. 박진우씨 아내분이 나를 바라보며 말을 건넸다. 정말 궁금했는데 맹장만으로도 접인 효과가 느껴지시나요? 내 물음에 그는 무언가를 골똘히 생각하더니 대답했다. 일반적인 접인이랑 비교하기는 어렵겠지만, 저는 저에 대한 기억이 많아졌어요. 본인에 대한 기억이요? 네. 접인하고 나서는 눈을 감으면 제 모습이 선연히 떠올라요. 다리를 다친 이후로 제가 어떻게 생겼는지조차 까먹고 지냈었는데, 아무래도 이 사람 기억 속의 제 모습이 저한테 전달되었나봐요. 남편 눈을 통해 바라본 자신의 모습이 그런대로 괜찮았다고 말하면서 아내분은 쑥스러운 듯 웃었다. 그 말을 들으면서 환하게 따라 웃는 박진우씨를 보다가 내심 놀랐다. 사람에게는 사랑하는 사람과 함께 있을 때의 얼굴이 따로 존재하는구나, 나는 생각했다.

저도 궁금한 게 하나 있는데요. 박진우씨 아내는 상담실에서 나가기 전, 나에게 마지막으로 묻고 싶은 게 있다고 했다. 저 사람 맹장 때문일까요? 접인한 이후로 밥을 무척 많이 먹어요. 오늘도 여기 오기 전에 두꺼비만 한 단팥빵을 두 개나 먹었는데, 아무래도 접인 때문인가 해서요. 나는 그게 꼭 그런 이유만은 아닐 거라고 대답했다.

김애주씨가 전화하다

접수대 직원이 상담실로 전화를 연결해줘서 받아보니 김애주씨였다. 첫 방문 이후로 정확히 한 달 만이었다. 선생님, 그동안 잘 지내셨어요? 목소리에 힘이 있어서 다행이라는 생각이 들었다. 네, 김애주씨도 잘 지내셨나요? 김애주씨는 지금 충주에 와 있다고, 직접 찾아뵙기가 어려워서 전화를 드렸다고 했다.

실은 그동안 무척 바빴어요. 비가 쏟아지는 날을 제외하면 지난 한 달간 매일 산을 탔거든요. 하루라도 서둘러서 접인 친화력을 높여야겠다는 생각뿐이었어요. (이 대목에서 나는 약간의 죄책감을 느꼈다) 그러다 지난주에 드디어 박민철이 돌아왔어요. 남편분께서 돌아오셨다고요? 나는 놀라서 되물었다. 네. 산에 올라갔다가 내려오는 길에 제 안에서 박민철 목소리를 들었거든요. 분명 박민철이었어요. 그분이 뭐라고 하셨나요? 내 물음에 김애주씨는 끝은 끝, 이라고 대답했다. 끝은 끝이요? 네, 끝은 끝. 그 한마디가 전부였는데 저는 긴 잠에서 깨어났어요.

집으로 돌아온 김애주씨는 온몸의 수분이 빠져나갈 정도로 울었다고 했다. 8개월 만에 끝을 받아들이자 참아왔던 감정들이 한꺼번에 밀려든 것이었다. 당장 이 집부터 감당하기가 어려웠는데, 집 안에는 박민철에 대한 기억이 너무 많이 묻어 있었기 때문이었다. 그래서 당분간은 충주에 있는 언니네 집에서 지내려고 해요. 너무 걱정은 마세요, 저는 이제 가벼워졌거든요. 그냥 하는 말이 아니라 몸과 마음이 정말 가벼워진 나머지 등산할 때도 훨씬 수월해요. 나는 김애주씨에게 진심으로 잘된 일이라고 말해주었다. 그와 전화를 끊은 다음 나는 혼자 조용히 중얼거려보았다. 끝은 끝.

궁극의 짜장라면 레시피

아쉽지만 오늘이 마지막이야. 우리 이제 문 닫거든. 만화카페 사장이 은금과 내 자리에 달걀프라이가 올라간 짜장라면 두 그릇을 내려놓으며 말했다. 거짓말. 나는 읽던 무협지를 내려놓고 사장을 쳐다보았다. 정말이야. 사장은 다음주면 가게를 접고 양양으로 이사한다고 했다. 여름에는 핫도그를 팔면서 서핑하고, 겨울에는 동남아에서 지낼 예정이야. 근사하다. 은금과 내가 동시에 말했다.

저는 이제 토요일마다 어떡해요. 나는 아쉬움을 담아서 말했다. 새로운 곳을 모험해봐야지. 사장이 내 옆자리에 앉으며 말했다. 토요일 늦은 오후, 만화 카페 커튼 사이로는 나른한 햇살이 들어오고 있었다. 모험은 이걸로 충분한데요. 내가 무협지를 가리키며 말했다. 충분하다는 말은 모험과 어울리지 않잖아. 그러더니 사장은 앞치마 주머니에서 잘 접어둔 종이 하나를 꺼내주었다. 이게 뭐예요? 궁극의 짜장라면 레시피. 작별 선물이야. 여기서 읽어봐도 돼요? 물론. 쪽지를 펼치자 첫 번째 줄에 1단계 육수 만들기라고 적혀 있었다. 같이 읽던 은금이 육수? 하고 중얼거렸다.

「1단계 육수 만들기. 머리와 내장을 제거한 멸치 백 마리, 다시마, 황태포, 말린 표고버섯, 대파 흰 부분, 마늘, 양파, 생강, 청주 2큰술을 넣고 센 불에서 끓인다. 끓기 시작하면 약불로 줄이고 20분간 우려낸다. 마지막으로 불을 끄고 뚜껑을 닫아 30분간 뜸을 들인다. 육수 완성! 2단계 육수 300ml를 넣고 짜장라면을 끓인다. (중간에 육수를 버리지 않는다) 3단계 들기름에 튀긴 달걀을 얹는다. 궁극의 짜장라면 완성!」

농담이지? 이렇게까지 하고 있었다고? 내가 깜짝 놀라서 물었다. 정말이야. 남들이 보지 않는 곳에 시간과 열정을 쏟는 것이 내 비법이지. 사장은 주방에 커다란 육수

통이 있다고 했다. 만화 카페 사장이지만 지난 10년간 매일 육수를 끓이면서 하루를 시작해왔어. 너처럼 알아보는 사람은 어떻게든 알아보잖아. 사장에게 나름의 비법이 있을 거라고는 짐작했지만 이 정도였을 줄이야……. 사장 생각하면서 만들어 먹을게요. 나는 사장에게 약속했다. 내가 생각나면 이 친구랑 같이 양양으로 놀러 와. 직접 만들어줄 테니까. 사장이 은금을 가리키며 말했다. 은금과 내가 양양에 같이 놀러 갈 사이는 아니지 않나, 속으로 생각했지만 일단 고개를 끄덕였다.

두 시간 뒤 은금과 나는 우리 집 아파트 입구에서 멀어지는 사장의 트럭을 향해 손을 흔들고 있었다. 어떻게 된 일이냐면, 내가 이 가죽 소파도 무척 그리울 거라고 말하자 안 그래도 처치 곤란이었다면서 사장이 나에게 소파를 선물한 것이었다. 그냥 해본 말이라고 수습해봤지만 소용없었다. 사장은 엄청난 추진력으로 자신의 트럭에 소파를 실어 집 앞까지 옮겨주었다. 은금은 덩달아 나를 돕겠다고 동행한 것이었다.

갑작스러운 이별이네요. 멀어지는 트럭을 바라보며 은금이 말했다. 너는 오래전부터 다녔던 곳이라서 더 아쉽겠다. 내가 말했다. 선배의 주말 장소가 산에서 만화 카페로 옮겨졌던 것처럼 또 어딘가로 이동하지 않을까요. 은금이 덤덤하게 대답했다. 어쩐지 슬프게 들리는 말이네……. 일단은 이 친구부터 이동시키자. 내가 소파를 가리키며 은금에게 말했다.

다행히 소파는 아파트 엘리베이터에 딱 맞게 들어갔

고, 은금과 힘을 합치자 집 안까지 수월하게 옮길 수 있었다. 선배 집을 이렇게 처음 와보네요. 은금이 집 안을 둘러보며 말했다. 이럴 줄 알았으면 좀 치워놓을걸. 뭐 마실래? 우유 아니면 오렌지 주스? 커피 마시기에는 시간이 너무 늦었지? 내가 냉장고 안을 들여다보며 묻자 은금은 커피를 달라고 했다. 늦은 시간에 커피를 마실 수 있는 건 토요일의 특권이잖아요. 듣고 보니 일리 있는 말이었다. 나는 얼음을 넣은 더치커피를 내 것까지 두 잔 준비했다.

저는 갑작스러운 이별보다는 예고된 이별이 좋아요. 선배도 희망 병원으로 이직하실 거면 꼭 미리 얘기해 줘요. 은금은 더웠는지 얼음 커피를 단숨에 들이켜며 말했다. 그럴 일은 없는데, 하고 나는 말끝을 흐렸다. 왜 무섭게 말을 하다 말아요. 나는 유리잔을 흔들어 얼음끼리 부딪치는 소리를 듣다가 말했다. 최근 들어 일을 그만둘까 생각 중이야. 왜요?

며칠 전 접인 병원 카페에 들어가서 내 이름을 검색해본 적이 있었다. 나에게 상담을 받고 확신이 생겨 접인하게 되었다는 글이 생각보다 많이 올라와 있었다. 그동안은 용기가 필요한 사람들에게 용기를 주는 것뿐이라고 생각했는데, 곰곰 생각해보면 정말 그런 거였나 싶었다. 나는 단지 그들의 불안을 이용한 게 아니었을까?

짜장라면도 육수를 준비해야 맛있어지는 세상에서 접인이 무슨 의미인가 싶었어. 내가 은금에게 말했다. 아직 확실하게 마음을 정한 건 아니지만……. 너는 어때? 계속 여기 다닐 생각이야? 그러자 은금은 특유의 덤덤한 말투로 대답했다. 저는 선배 때문에 이 병원에 있는 건데요. 그게 무슨 말이야. 직장생활에서는 상사가 중요하잖아요. 저는 선배 덕분에 병원 잘 다니고 있어요.

질문하면 답이 보이는 벽

은금을 배웅하러 나가자 복도에 할머니가 앉아 있었다. 내가 묵례하자 은금도 덩달아 할머니에게 인사했다. 직장 후배예요. 짐 들어주러 왔어요. 괜히 하지 않아도 될 설명을 하게 되고. 할머니가 의자에서 일어나 우리에게 자리를 비켜주려는 듯해서, 나는 그냥 앉아계셔도 된다고 얘기했다. 담배 피울래? 내가 은금에게 물었다. 은금은 술 마실 때만 담배를 피운다는 원칙이 있었는데, 오늘만큼은 예외인 듯했다.

열대야인 것 같죠? 아직 덥네요. 은금이 말을 붙였지만 할머니는 대답하지 않고 담배를 피웠다. 원래 과묵하셔. 내가 대신 설명했다. 셋이서 조용히 담배를 피우다가 은금이 나에게 물었다. 선배는 병원 그만두면 하고 싶은 일 있어요? 글쎄, 나도 양양이나 갈까. 선배가 육수를 만들 줄 알아야 할 텐데. 그 말에 웃다가 사레가 들어서 은금이 내 등을 한참 두드려주었다. 마침내 기침이 멈췄을 때, 은금은 할 말이 있다고 했다. 할 말 있으면 지금 해. 여기서요? 응. 내가 담뱃재를 털면서 대답했다. 선배 저랑 다음주 토요일에도 만나주세요.

할머니는 유리 재떨이를 조용히 바닥에 내려놓더니 이번에는 정말 의자에서 일어났다. 그런 다음 나를 의자에 앉히고는 집으로 들어갔다. 현관문 닫히는 소리가 들리고 나서 은금은 차분하게 다시 얘기했다. 저는 선배랑 보내는 시간이 가장 좋아요. 다음주 토요일에도 만날 수 있어요?

의자에 앉은 뒤로는 시야가 온통 새하얬다. 와중에 은금이 정말 이상하다고 생각했다. 무협지는 거들떠보지도 않고 순정만화만 고를 때부터 알아봤어야 하는 건데. 평소에는 시답지 않은 농담이나 하다가도 이상하게 위로를 건네는 사람. 세상에서 제일 빠르게 연인이 될 수 있는 곳에서 일하면서, 세상에서 제일 느리게 고백하는 사람. 그런 사람과 지내다 보면 사랑에 대해 조금 더 알게 되는 순간이 올까. 접인에 대한 생각도 뚜렷해지는 순간이 올까. 나는 새하얀 벽을 뚫어져라 바라보았다. 몇 번을 더 시도해본 끝에 나는 은금에게 대답할 수 있었다. 그러자. 다음주 토요일에 만나.

그동안의 정의

최예솔

2023년 『문학동네』 신인상에 당선되어 작품 활동을 시
작했다.

작정하고 사라진 사람은 작정하고 찾아야만 한다. 나는 윤정수를 작정하고 찾지 않았다. 보통의 남매 사이라는 게 정확히 어떤 건지는 모르겠지만 윤정수와 나를 그냥 보통 남매, 라고 하기에는 좀 어렵지 않을까. 윤정수는 나보다 4년 먼저 태어났다. 그리 적지도, 그리 많지도 않은 애매한 나이 차이 덕분에 윤정수와 나는 딱히 친해지지 못했다. 내가 초등학교에 입학하고 얼마 지나지 않아 윤정수는 중학교에 갔고, 내가 중학생이 되었을 때 윤정수는 고등학교에 갔다. 물론 윤정수와 내가 영 친해지지 못한 건 우리의 나이 차이 때문만은 아닐 것이다.

　윤정수는 내게 없는 사람에 가까웠다. 말수도 없고 센스도 없고 자존심도 없고 공부머리도 없고 돈도 없고…… 그건 나도 마찬가지였나? 아무튼 남매 사이에 정이라도 있었다면 걱정이라도 했을 텐데 그럴 이유조차 없었다. 쥐뿔도 없는 윤정수니까. 특이사항이라곤 개그맨 윤정수와 동명이인이라는 것 정도밖에 없는. 그러니 윤정수가 고등학교를 졸업하자마자 집을 나갔다고 해도 이상할 것 하나 없었지. 뭐 내가 찾는다고 윤정수가 나타났을 거라는 보장도 없지만 나는 막연히, 어련히 때 되면 나타나지 않을까, 그런 생각을 했다. 하지만 윤정수는 죽을 때까지 나타나지 않았다. 물론 내가 죽은 것은 아니다. 윤정수가 죽었다. 내 나이가 이제 서른이니까, 윤정수는 서른넷에 죽었다. 이제 내게 남은 혈육은 없다…… 아닌가?

　고모.

　그렇게 부르지 마.

왜요.

낯설어.

저도 고모가 낯설어요.

윤현수는 맹랑하다. 윤정수와 장현아의 딸이라고 해서 윤현수. 그거 좀 유치하지 않니? 물었을 때 윤현수는 뭐 어때요 엄마아빠말곤 모르는데, 하고 대답했다. 이제 나도 아는데? 하니까 이젠 고모도 모르는 척해달라고 했다. 참 나 어디서 이런 게 굴러왔는지.

현수야.

네.

네 엄마 입국 날이 언제라고 했지?

다음주 토요일이요.

아직 한참 남았네.

고모도 고모 할일을 해요. 시간 금방 갈걸요.

알겠다 그래.

윤현수를 데리고 온 사람은 장현아다. 이제는 나흘쯤 됐으려나. 아침부터 현관문을 두드리는 소리가 하도 시끄러워서 나가봤더니 장현아가 윤현수의 손을 붙잡고 서 있었다. 장현아는 다짜고짜 윤정수를 아느냐고 물었고 나는 오랜만에 듣는 윤정수의 이름에 잠깐 벙쪘다가 네, 저희 오빠네요, 하고 대답했다.

조카입니다.

그날 장현아의 대사를 나는 아직도 기억하고 있다. 그건 도저히 내가 아는 사람이 뱉을 만한 말이 아니어서 대사라고밖에는 표현할 수 없겠다. 아직도 문득 의심스러울 때가 있다. 윤현수가 정말 나의 조카가 맞고 장현아가 정말 나의 새언니가 맞을까. 가족관계라는 게 그렇게 단순하게 정리되는 거라면 이제까지 윤정수와 나는, 또 윤정수와 나와 우리의 부모는, 왜 이렇게 흩어지거나 죽거나 혼자 남을 수밖에 없었을까. 그래도 장현아가 보여준 사진 속의 윤정수는 누구보다 윤정수다웠고, 장현아도 장현아가 맞았으며, 윤현수도 그냥 윤현수였다. 그러니까 그 셋의 가족사진. 윤정수는 조금 한산해 보이는 공원에서 제 가족들과 벤치에 나란히 앉아 웃고 있었다. 치사하게. 왜인지는 모르겠지만 나는 그 사진을 보자마자 치사하다, 는 생각이 제일 먼저 들었다.

그러니까 제가 윤정수의 처고요.

아아. 그래요.

장현아라고 합니다.

그리고 장현아가 윤정수의 부고를 알렸다. 저희 남편이 사망해서요. 그 말은 앞이나 뒤가 잘린 것처럼 어딘가 애매하게 들렸는데, 그 이유는 아직도 잘 모르겠다. 나는 윤정수가 언제 어떻게 죽었는지 궁금하지 않았고, 윤정수의 사망으로 장현아와 윤현수가 얼마나 슬펐는지 알고 싶지도 않았다. 어쩌면 슬프지 않았을 수도 있지. 아무튼 그날 만난 장현아의 얼굴은 상실이라든가 분노, 우울 같은 부정적인 단어들과는 전혀 어울리지 않았다.

장현아는 예뻤다. 이목구비가 반듯했고 얼굴에 쓰잘데 없이 남는 공간이 하나도 없었다. 진짜인지 가짜인지는 몰라도 짐머만 스타일의 원피스를 입었으며 긴 생머리는 관리가 잘 되어 고개를 움직일 때마다 반질반질 윤이 났다. 나는 그 모든 것들이 너무 예쁘다고, 툭 튀어나오려는 말을 참느라고 고생했다. 귀엽거나 예쁘거나 멋진 것에 대한 감상은 본능에 가까운 것이지만 사람이 본능적으로만 살면 안 되는 거겠지. 그렇게만 살았다가는 제일 먼저 도태되는 것이 나 같은 인간일 것이다. 혹은 윤정수…… 그런데 장현아가 윤정수의 처라. 나는 그것부터 영 적응이 안 됐다.

그리고 윤현수. 장현아가 윤현수를 데리고 나를 찾아온 이유는 너무나 상식적이었다. 해외 출장 일정이 생겼는데 인사평가를 멀쩡하게 받으려면 도저히 뺄 수 없다.

남편이 죽었는데도요?

나는 내가 먼저 물어놓고도 너무 남 일처럼 얘기했나, 싶어서 아차했는데,

남편이 죽었으니까 더 열심히 벌어야죠.

장현아도 별수 없다는 듯 어깨를 으쓱, 하고 말았다. 장현아는 보육원 출신으로 윤현수를 대신 맡아줄 친정 부모가 있는 것도 아니었고 달리 믿음직한 친구가 있는 것도 아니어서 문득 시댁 식구를 떠올렸다고 했다. 윤정수가 딱 한 번 내 이야기를 한 적이 있다고. 아무튼 처음 만난 사이에 윤정수가 제 얘기는 왜 했을까요, 그러게요 그래도 가족이라고 애틋함이 있었을까요, 그럴 리는 없는데 도대체 뭐라고 하던가요, 하는 대화를 나눌 것도 아니고 나는 그저 생각을 좀 해봐야겠다고 말했다.

그럴 틈이 없어요.

없다고요.

네. 출장이 내일이라.

이렇게 급하게 오시면 어떡해요.

고민하는 데 시간을 다 써버렸어요.

아무튼 내가 그날 장현아와 윤현수를 눈앞에 두고 확신할 수 있었던 건 장현아가 무척 예쁘다는 사실과 윤현수가 그동안 한마디도 하지 않았다는 점. 그래서 이 아이가 윤정수의 딸이라거나 나의 조카라는 사실이 조금은 그럴싸하다는 점. 첫째 딸은 아빠를 닮는다고 하던데 윤현수가 윤정수를 닮았느냐, 그건 조금 애매했다. 차라리 윤현수는 나를 더 닮았고 나는 그 사실이 조금 소름 끼쳤다. 윤현수의 얇은 눈매와 축 처져서 울적해 보이는 입 꼬리는 완벽하게 나의 그것들과 닮았는데…… 나름의 장점이 있다면 내가 윤현수를 데리러 유치원에 갔을 때, 아무도 내가 수상한 사람이라고 의심하지 않았다는 것 정도.

현수야. 가자.

어머, 오늘은 현수 어머님이 바쁘신가봐요.

네.

잘 가 현수야.

윤현수가 다니는 구립 유치원 선생님의 미소는 화사했다. 처음에는 윤현수의 조그만 손을 붙들고 집까지 걸어오는 게 영 어색했지만 그것도 며칠 지나니까 그럭저럭할 만했다.

현수야.

네.

사탕 먹어라.

당류가 높은 건 몸에 좋지 않아요.

그래서 오늘은 유치원까지 오는 길에 여유롭게 편의점에 들러 이따 마실 맥주를 한 캔 사면서 윤현수가 좋아할 만한, 유니콘 그림이 그려진 사탕을 하나 같이 샀는데 무슨. 당류가 뭐 어째.

윤현수는 올해로 일곱 살, 취미는 바둑이다. 나는 윤현수에게 바둑을 처음 배웠다. 요즘 유치원생이라면 아이패드로 유튜브를 보거나 게임을 하는 게 제일 재미있는 일일 줄 알았는데, 처음 우리 집에서 저녁을 먹던 날 뜬금없이 바둑판이 가지고 싶다고 했다. 조카한테 근사한 장난감 하나 사주는 거야 그럴싸한 일이라고 생각했는데 그게 바둑판이라. 그건 좀 예상 밖의 일이었다.

포켓몬 인형 말고?

네.

마법 항아리도 말고?

네.

슬라임 같은 것도 싫고?

네. 저는 바둑이 좋아요.

바둑판은 종류도 참 다양했다. 일 센티 정도 되는 두께의 얇은 바둑판도 있었고 반으로 접어 보관할 수 있도록 만든 바둑판도 있었으며 거의 밥상만큼 높고 두꺼운 바둑판도 있었다. 윤현수는 내가 네이버에 검색해둔 바둑판의 종류를 쭉 훑어보더니 동그란 다리가 달린 두꺼운

원목 바둑판이 제일 좋다고 했다.

너 엄마 오면 이거 들고 가야 되잖아.

네.

무거울걸.

엄마가 들어줄 거예요.

나는 별수 없이 다리 달린 바둑판을 주문했다. 가격대는 8만 원부터 100만 원 넘는 것까지 다양했는데 적당히 15만 원 정도 되는 걸로 골랐다. 그날 저녁부터 윤현수는 나에게 바둑을 가르쳤다. 사놓고 몇 번 쓰지 않은 아이패드가 바둑 두는 데 쓰일 거라고는 상상도 못했지만 뭐, 이렇게라도 쓰이는 게 다행이라면 다행이라고 생각했다. 내가 아는 바둑이라면 이세돌과 알파고의 세기의 대결 정도. 이세돌이 바둑은 예술이라고, 그런데 알파고는 예술을 하는 것이 아니라서 괴로웠다고, 말하는 인터뷰를 본적이 있다. 물론 윤현수가 두는 바둑은 이세돌의 바둑과는 다를 것이다. 내가 아무리 바둑에 대해 잘 모른다고 해도, 윤현수가 그리 특출 나게 바둑에 재능이 있다고 느껴지는 것은 아니었는데…… 그거야 모를 일이다.

윤현수가 나에게 알려준 바둑의 룰은 간단하다. 흑돌과 백돌이 번갈아 바둑판 위에 자리를 잡는다. 바둑돌을 둘 수 있는 자리는 바둑판의 격자무늬가 서로 겹치는 부분이다. 상대의 돌이 내 돌을 완벽히 둘러싸면 잡아먹힌다. 그렇게 먹은 돌이 더 많은 사람이 이긴다. 바둑처럼 역사가 긴 게임이 이렇게 엉성한 룰로 돌아가는 게 맞나, 싶어도 윤현수와 반나절 잘 놀 수 있으면 그만이었다. 한 이틀 아이패드로 바둑을 두고 나니 주문했던 바둑판이 도착했다. 라탄 바구니에 담긴 바둑알까지 서비스로 딸려와서 윤현수와 나는 곧장 새 바둑판에다 바둑을 둘 수 있었다. 바닥에 내려둘 때마다 퉁, 퉁 소리가 울리는 묵직한 바둑판으로 바둑을 둔 지는 이제 사흘째다.

30분까지만 두고 저녁 먹을 거야.

오늘 저녁은 뭐 먹어요?

햄버거.

저는 새우버거가 좋은데요.

그럼 내일 새우버거 먹자. 오늘은 이미 불고기버거 시켰어.

그래요.

어디선가 듣기로 일곱 살이 제일 얄미운 나이라던데 윤현수는 달리 얄미운 구석도, 그렇다고 귀여운 구석도 없었다. 나는 상당히 덩치가 작은 나를 돌보는 기분으로 윤현수를 돌봤다. 해가 뜨면 깔끔하게 씻겨서 유치원에 데려갔고 하원 시간이 가까워 오면 저녁 메뉴를 고민하면서 거실 소파 앞에다 바둑판을 펼쳤다. 장현아도 내가 이렇게 시간이 많은 백수인 줄 미리 알고 윤현수를 데려오진 않았을 텐데, 아무튼 나에게는 달리 윤현수를 맡을 이유가 없었던 것처럼 맡지 못할 이유도 없었다. 아무래도 백수니까. 지난달까지는 버스를 타고 다섯 정거장 가면 있는 아메리칸 차이니즈 레스토랑에서 홀 직원으로 일했는데, 술을 많이 마시고 온 내 또래의 손님과 시비가 붙어서 잘렸다.

그냥 사과하면 된다잖아.

매니저가 그렇게 얘기했는데 나는 도무지 그냥 사과하고 싶지 않았다. 그냥 제가 일을 그만할게요. 그리고 똑같은 손님 입장이 되어서 그 손님과 머리채를 붙들고 싸웠다. 그렇게까지 싸울 일이었는지 지금 생각하면 잘 모르겠다. 잘 모르겠지만 그렇게 했다. 그랬던 일들이 많다. 결국 매니저가 경찰을 불렀고 나는 적당한 합의금을 받게 되었다. 상대는 올해 임용고시에 합격하고 첫 발령을 기다리는 중이라고 했다. 술에 취해서 난동을 부린 손님이 탈 없이 교사가 되는 데 300만 원 정도면 아주 적당하지 않았을까. 300만 원. 이 정도면 한 달 일을 쉬어도 되겠다고 생각했다. 그게 윤현수와 장현아가 우리 집 앞으로 찾아오기 일주일 전의 일이다.

오늘은 내가 흑돌이고 윤현수가 백돌이다. 윤현수는 꼭 바둑판 구석부터 돌을 올렸다. 뭘 하느냐고 물어보면 순진하게 집을 짓는 거라고 곧이곧대로 대답했다. 집 지어서 뭐 하는데? 고모가 갈 길을 막아요. 내 갈 길을 왜 막는데? 제가 이기려고요. 내가 좀 매정한 탓인지 윤현수가 순진한 탓인지는 모르지만 나는 한 번도 윤현수의 집 안에 갇힌 적 없다. 윤현수의 집은 게임이 끝나기 전까지 완성된 적 없기 때문이다. 게임은 내가 끝이라고 말하면 끝났다. 늦기 전에 저녁을 먹어야 하고, 저녁을 먹은 다음에는 윤현수의 학습지를 같이 풀어야 한다. 수학과 영어 학습지를 매일 밤 한 페이지씩 푸는 것은 장현아가 유일하게 거듭 강조해가며 부탁한 일이다. 한글은 이미 다 뗐으니 수학과 영어만 잘 챙기면 된다나.

넌 커서 뭐 될 거니?

이세돌이요.

알파고가 이겼는데?

제가 알파고가 될 수는 없잖아요.

내 생각에 윤현수는 수학과 영어를 좀 못하더라도 사는 데 하등 문제가 없을 애다. 사람이 똑똑하고 못하고를 단순히 몇 과목의 성취도로만 판단하기에는 무리가 있다. 이세돌은 될 수 있지만 알파고는 될 수 없다고 믿는 7세 윤현수. 당연히 이세돌이 될 수는 없겠지만 이세돌 비슷한 무언가가 될 수는 있을지도.

보통 일곱 살의 학습 수준이 얼마나 되는지는 잘 모르겠지만 윤현수는 내가 기대하던 것보다 영어에 능통했다. 기본적인 알파벳과 발음은 모두 알고 있었고 간단한 단어들을 읽고 쓸 줄 알았다. 이제는 간단한 문장들을 연습하는 단계다. 나는 윤현수가 푸는 학습지를 들여다보면서 윤현수에 대해 조금 더 알게 되었다.

두 유 라이크 아이스크림.

예스, 아이 라이크 아이스크림.

네가 좋아하는 음식이 또 뭐가 있지?

고구마요.

윤현수는 고구마를 좋아한다. 어제는 날씨를 말하는 문장들을 배웠는데, 윤현수는 바람이 부는 날씨를 좋아한다. 왜냐고 물었더니 바람에 나뭇잎이 스치는 소리들이 시원하다고 했다. 무슨 어린애가 바람소리를 다 듣고 다니니, 그렇게 물을 수는 없어서 그냥 그렇구나 멋지네, 하고 얘기해줬다. 그래도 어떻게 어린애가 그런 소릴 다 듣고 다니는지. 이런 얘기를 누군가와 시시콜콜 나눌 수 없는 건 조금 아쉬운 일이다. 이름도 생소한 슬로바키아로 출장을 가 있는 장현아에게 이런 일로 카톡을 보낼 수도 없고. 그전에 장현아와 내가 이런 이야기를 나눌 만한 사이인가…… 그것부터가 난센스다.

고구마는 영어로 스윗 포테이토야. 두 유 라이크 스윗 포테이토?

예스, 아이 라이크 스윗 포테이토.

물론 윤현수가 혼자서 영어 퀴즈나 수학 문제를 푸는 동안 내가 하는 일은 난센스가 아니냐. 그런 것도 아니다. 그런 것도 아니지만 쏠쏠한 용돈 벌이는 된다. 서울에 있는 유명한 대학에서 국문학을 전공하고 석사까지 딴 사람이 할 수 있는 일은 치사하리만치 적거나 너무할 정도로 무궁무진했다. 나의 경우는 내 취업보다 남의 취업 돕기가 좀 더 적성에 맞았다. 이를테면 공기업이나 대기업 취업을 위한 자기소개서 첨삭 같은 것. 누구보다 하고자 하는 일에 열정이 넘치지만 냉철한 판단력도 갖추고 있으며 단점마저 장점으로 승화시키는 먼치킨 캐릭터……는 다른 어떤 문학보다 실용적이며 편리하다.

고모.

그렇게 부르지 말라니까.

그럼 뭐라고 불러요.

◎ 184 ⊗

그러게. 그냥 고모라고 불러라.

저 두 장 다 풀었어요. 윤현수가 식탁 위로 학습지 두 개를 올려뒀다. 영어 문장은 두 번씩 말했어? 아까 고모랑 했잖아요. 뺄셈은 어려운 거 없었어? 네. 저녁도 다 먹고 학습지도 다 푼 윤현수는 이제 자유 시간을 갖는다. 장현아가 시간표를 짜주고 간 건 아니지만, 윤현수가 말했듯이 나도 내 할일을 해야 하니까. 아메리칸 차이니즈 레스토랑 같은 직장에는 되도록 늦게 돌아가고 싶다.

처음 나에게 자기소개서 첨삭 아르바이트를 소개한 사람은 강홍민이다. 제가 아는 국문과 사람 중에 누나가 글을 제일 잘 써요. 내가 쓰는 건 소설인데? 그게 그거죠. 강홍민이 나를 선택한 이유는 몹시 단순했다. 시작은 강홍민의 낚시 동아리 후배였다. 낚시가 곧 인생이라는 지루한 소리를 늘어놓던 여자애였는데 지원하겠다는 기업들은 영 낚시와 거리가 멀었다. 물론 먹고사는 일과 좋아하는 일이 같을 필요는 없다. 나도 딱히 남의 자기소개를 대신하는 걸 좋아하는 건 아니니까.

누나 그렇게 살지 마요.

그래도 내가 이런 소릴 들을 만큼 잘못 살았나. 나는 대학원을 졸업하고도 한동안은 학교 도서관에 가서 자기소개서나 면접 모범 답안 따위를 정리하고 프린트했다. 졸업 학기 초에 충전해둔 복사카드 금액이 반이나 남아 있었기 때문이다. 아무튼 그런 내 삶의 태도에 강홍민이 문제를 제기했던 것이다. 복사카드에 돈이 남은 게 문제인지 도서관 이용 자체가 문제인지는 몰라도.

그동안의 정의

내가 뭘 했는데 개새끼야.

나는 몹시 조용한 도서관 한가운데서 강홍민에게 욕을 했다. 그걸 그렇게까지 욕할 일이었는지……는 역시잘 모르겠다. 강홍민이 그랬던 것처럼 내게도 모르는 일이 많다. 몰라서 헤아릴 수조차 없다. 그런데 강홍민은 저도 똑같이 모르면서, 어떻게 그런 소릴 나한테 할 수 있었지. 내가 뭘 했냐는 질문도 그렇지만 세상에는 답을 필요로 하지 않는 의문문이 많다. 어쩌면 그냥 강홍민을 욕하고 싶었을지도.

고모.

응.

내일은 토요일인데요.

그러네.

토요일은 외출하는 날이에요.

외출?

네.

외식이 아니라?

외식도 하면 좋죠.

윤현수가 다시 바둑판 앞에 앉았다. 나는 아직 고쳐야 할 자기소개서가 몇 장 남아 있어서 유튜브로 바둑 방송을 틀어주었다. 그동안 윤현수와 바둑을 두면서 어느정도는 이해도가 생기지 않았나, 생각했는데 바둑 방송에서 하는 소리는 여전히 하나도 못 알아듣겠다. 윤현수는 알아듣나 싶어 얼굴을 쳐다보면 표정은 잘 모르겠고 방송에 나오는 대로 돌은 얼추 비슷하게 두는 것 같다. 창작의 어머니가 모방이라더니 바둑도 창작이라고 봐야 하는 건가. 역시 바둑은 예술…… 나는 이세돌의 동그란 콧방울을 떠올리면서 눈앞의 자기소개서를 모난 구석 없이 고친다. 고친다기보다는 깎아낸다. 쓸 데 없는 소리들을.

현수야.

네.

내일 어디 가고 싶은데?

대학교요.

대학교?

아빠가 우리 가족 중에 대학 나온 사람은 고모밖에 없다고 했어요.

그래?

네.

그렇구나.

네. 그래서 가보고 싶어요.

윤정수가 윤현수에게, 그리고 장현아에게 나에 대해 무슨 소리를 했는지 나는 모른다. 마찬가지로 윤정수도 지금 내가 윤현수에게, 혹은 장현아에게 본인에 대해서 어떤 말을 덧붙일지 영영 알지 못할 것이다. 그렇다고 내가 대학을 나왔다는 사실을 그들이 몰라야만 했는가…… 딱히 그렇지는 않다. 나는 아직도 세상에 대해 알 만한 것들보다 모르는 것들이 더 많다고 생각한다. 이를테면 윤현수가 아직 불고기버거 한 개도 다 못 먹을 정도로 작은 인간이라는 사실.

나는 티브이나 인터넷에서 육아에 대해 보고 들은 대

로 윤현수라는 독립적인 개체를 존중해주고자 했으나 실
패한 것들이 많다. 저녁 메뉴 선정부터 치약의 종류나 양
말 사이즈, 편하다고 생각하는 베개의 높이 같은 것. 괜히
패밀리 레스토랑 같은 데서 어린이 메뉴를 파는 게 아니
고 키즈 카페가 따로 있는 것이 아니구나. 내게는 동생이
있었던 것도 아니거니와 내가 윤현수 나이였던 때는 꽤나
오래된 일이라서 딱히 기억에 남은 것이 없다. 물론 그때
는 어린이 메뉴나 키즈 카페 따위가 흔한 것도 아니었겠
지만. 나는 오늘의 불고기버거를 포함해 요 며칠간 윤현
수가 남긴 음식을 해치우느라 매번 1.5인분의 저녁식사를
했다. 이러다 장현아가 돌아와서 백수라더니 팔자 좋게 살
이나 뒤룩뒤룩 쪘다고 생각하는 건 아닐까 몰라. 물론 지
금의 내가 팔자가 나쁜가 하면…… 그런 것도 아니다. 그
랬다면 그날 윤정수에게 부러 말을 걸지도 않았을 것이다.

　내가 마지막으로 윤정수를 만난 것은 대학교 2학년
때였다. 학교 근처 호프집에서 개강 총회가 있었는데 나
는 그날이 공강이라 종일 피시방에서 게임을 하다가 30
분쯤 늦게 호프집에 도착했다. 그 호프집은 식당이나 술
집이 빽빽하게 늘어선 골목 중간쯤의 건물 2층에 있었는
데, 2층으로 올라가는 계단 입구에서는 항상 누군가 노가
리를 굽고 있었다. 가격이나 시설 따위를 따져봤을 때 대
단히 경쟁력 있는 술집은 아니었지만 노가리만큼은 어느
호프보다 맛있다, 고 국문과 사이에서는 소문이 자자했
다. 그런데 그 노가리를 윤정수가 굽고 있었을 줄이야. 개

강 총회고 종강 총회고 신입생 환영회고를 따지지 않고 과 모임은 무조건 그 호프에서 해왔는데 도대체 윤정수는 언제부터 거기서 노가리를 굽고 있었을까. 어쩌면 내가 처음으로 노가리를 먹었던 날부터 윤정수가 있었을지도 모르겠다.

나는 피어오르는 연기를 맞으면서 열심히 노가리를 뒤집는 윤정수를 지나쳐 호프집 계단을 올랐다. 윤정수는 처음부터 끝까지 노가리만 쳐다보고 있었기 때문에, 당연히 나를 보지도 못했고 내가 제 동생이라는 걸 알아차리지도 못했을 것이다. 뒤늦게 도착한 개강 총회 자리에는 당연하게도 테이블마다 노가리가 한 접시씩 올라가 있었다. 나는 적당히 고소하고 적당히 탄 맛이 올라오는 노가리를, 마요네즈와 간장과 청양고추가 절묘한 비율로 섞여 있는 소스에 푹푹 찍어먹으면서 생맥주 500cc를 두 잔이나 마셨다. 아무튼 여기 노가리가 진짜 맛있다니까. 누구보다 열심히 노가리를 찢어 먹는 나를 보고 어떤 동기가 그렇게 말했던 것도 같다. 그러게 그게…… 우리 오빠가 구워서 그런 것 같다. 나는 그렇게 중얼중얼거리면서 노가리를 우물우물 씹었는데 동기가 뭐라는 거냐고, 잘 안 들린다고 재차 물었지만 대답은 않고 담배만 한 개비 빌려 나왔다.

나는 윤정수가 가출한 뒤로도 딱히 윤정수를 그리워하거나, 나를 두고 혼자서만 집을 나갔다고 서운해하거나 뾰로통하지도 않았다. 당연히 집 나간 윤정수는 뭘 하고 살지 궁금했던 적도 없는데 그날은 왜 그다지도 추운 날씨에 목장갑을 끼고 노가리를 뒤집는 윤정수가 눈에 밟혔는지 모를 일이다. 피는 물보다 진하다, 뭐 그런 건가……. 나는 취기에 조금 멍한 상태로 계단 난간에 기대어 윤정수를 쳐다보고 있었다. 윤정수는 여전히 나한테는 관심도 없이 노가리 세 마리를 마저 굽더니 접시에 곱게 올려두고 담배를 피웠다. 나는 아까 동기에게서 하나 얻어 온 담배를 물고 윤정수에게 라이터를 빌렸다.

사람들 지나다니니까 내려와서 피우세요.

윤정수가 고분고분한 말투로 그렇게 얘기했다. 기억이 정확하지는 않지만 아마도 그랬을 것이다. 그리고 나는 윤정수에게,

나 이 앞에 대학교 다닌다.

하고 얘기했다. 이건 몹시 정확하게 기억하고 있는 사실이다. 그제야 윤정수가 고개를 들어 내 얼굴을 빤히 보더니 얼핏 웃었다. 피식 웃은 것도 아니고 비죽 웃은 것도 아니고 그 중간의 애매한 웃음이었다.

성공했네.

윤정수는 그렇게 말하면서 다 피운 담배를 바닥에 비벼 껐다. 그러고는 아까 구운 노가리 접시를 들고 호프집 계단을 성큼성큼 올랐다가 금방 다시 돌아와 또 새로운 노가리를 구웠다. 고소한 냄새가 찬 공기 사이로 폴폴 퍼졌다.

아직도 그 집에 살아?

윤정수가 석쇠를 쥔 손을 쥐었다 폈다 하면서 물었다.

응. 거기 이제 내 집이야. 엄마 죽었대.

그렇구나.

잘 됐네. 윤정수가 그렇게 덧붙였다. 뭐가 잘 된 일인지 딱히 묻고 싶지는 않았다. 나는 다 피운 담배를 손톱으로 털어 계단 너머로 던진 다음 개강 총회 테이블로 돌아가 남은 소주와 노가리와 골뱅이 무침에 파전까지 열심히 집어먹었다. 다음날에는 숙취로 하루 종일 화장실 변기를 붙들고 토하고 누웠다가 또 토하고…… 그 후로는 한 번도 그 호프집에 다시 간 적 없다. 나 이제 노가리 냄새만 맡아도 토할 것 같아. 그 말에는 아무도 토를 달지 않았다.

그날 나는 왜 그렇게까지 취해서 윤정수에게 말을 걸어야만 했을까. 그건 아주 오랜 시간이 지난 다음에도 도저히 풀리지 않는 의문이었지만…… 그 덕에 윤현수와 대학교 나들이를 할 수 있게 되었으니 다행인 일인가. 결국 잘 된 일인가. 아무튼 성공한 것일까?

저기가 고모가 공부했던 건물.

유치원 등하원을 제외하고 윤현수와 손을 붙들고 걷는 일은 처음이다. 나는 인문학관 앞에 서서 여전한 시멘트색 건물을 가리켰고 윤현수는 우와, 하면서 눈을 동그랗게 떴다. 이렇게 보니 딱 일곱 살 꼬마애 같기도 하고.

저건 뭐예요?

윤현수가 인문학관 앞에 세워진 정체불명의 조각상을 보고 물었다. 호랑이도 아니고 사자도 아니지만 눈빛이나 이빨을 보면 아무튼 맹수와 비슷한 어떤 것. 나는 모르겠는데, 하면서도 잠자코 윤현수를 그 앞에다 세워두고 사진을 찍었다. 여기 봐 현수야. 브이. 윤현수는 착실히 내가 시키는 대로 브이를 그리거나 두 손으로 작은 하트를 만들었다. 학교 다니는 동안은 한 번도 여기서 사진찍을 생각은 못해봤는데 아무튼 오래 살고 볼 일이다……생각하는 사이 윤현수가 내 핸드폰을 가져가더니 찍힌 사진을 보고 흐흐 웃었다.

맘에 드냐.

네.

다행이네.

아무튼 대학교에 가보는 게 소원이라던 윤현수는 그 꿈을 이룬 것만으로도 충분히 만족스러운 표정이었다. 너도 커서 가라 대학교. 어젯밤에는 윤현수를 침대에 눕혀놓고 그렇게 얘기해주기도 했는데 윤현수는, 글쎄요 갈수 있을까요 쉬운 일은 아니라고 하던데…… 중얼거리다까무룩 잠들었다. 어디 가느냐에 따라 다르겠지, 얘기해주고 싶었는데 윤현수가 말한 쉽고 어렵고의 기준이 딱히대학의 수준은 아닐 수도 있겠다 싶어서 구태여 깨우지않았다.

안에도 들어갈 수 있어요?

글쎄. 외부인이라 될지 모르겠다.

학생처럼 보일 수도 있잖아요.

나는 몰라도 대학에 일곱 살짜리가 다니진 않으니까.

아하.

윤현수와 나는 건물 안에 들어가는 대신에 화단 벤치에 앉아 아침에 싸온 김밥을 먹었다. 윤현수는 단무지를 싫어했고 나는 네 아빠 닮았네, 하면서 단무지 대신 햄만 두 줄을 넣었다. 윤현수도 나도 김밥을 직접 싸보는 건 처음이라 내용물이 한쪽으로 치우치거나 썰린 크기가 제멋대로거나 옆구리가 터지거나 아무튼 꼴이 평범하진 못했지만 맛은 무난했다.

나중에 엄마 오면 고모랑 소풍도 가고 좋았다고 그래라.

네.

김밥도 싸줬다고 해.

알겠어요.

나는 김밥을 먹다 말고 벤치에서 일어나 무릎 위에 도시락을 엊고 있는 윤현수의 사진을 또 몇 장 찍었다. 이러나저러나 나는 장현아가 없는 동안 최선을 다해 윤현수를 돌보고 있었고 조카 사진이 핸드폰에 남는다는 게 좀 어색하긴 해도 기분이 나쁘진 않았다. 어쩌면 좋은 쪽에 더 가깝지 않을까. 윤현수가 한 손에 김밥 한 조각을 들고 손을 쭉 뻗었다. 그래, 지금 아주 좋아, 말하는 사이 뒤에서 누가 어깨를 툭 쳤다.

깜짝이야.

누나 결혼했어요?

강홍민이었다.

조카야. 오빠 딸.

누나한테 오빠가 있어요?

있었어.

있었다고요? 강홍민이 되물었는데 나는 굳이 대답하지 않고 다시 윤현수를 챙겼다. 이거 봐 사진 잘 나왔지. 네. 윤현수는 강홍민의 눈치를 살피더니 안녕하세요, 하고 인사를 했다. 강홍민은 허, 하고 기가 찬 웃음소리를 내더니 안녕, 너 고모랑 많이 닮았네, 하고 윤현수와 악수를 했다.

무슨 유치원생이랑 악수를 해.

요즘은 애들도 애 취급하면 싫어한댔어요.

강홍민은 석사 과정을 하면서 조교로 일하고 있다고 묻지도 않은 설명을 붙여가며 내가 싸온 김밥을 잘도 집어먹었다. 마침 점심시간이라 잘 됐다면서. 대학 구경을 왔다는 윤현수의 말에는 앞장서서 건물 안까지 구석구석 구경시켜주기도 했다. 인문학관은 강의실부터 과실, 연구실 문짝까지 여전했다. 아무튼 미래보단 과거 보존이 더 가치 있는 과잖아요 우리 과가. 강홍민은 조교실의 낡은 패브릭 소파에 우리를 앉혀두고는 농담이랍시고 허무맹랑한 소리나 지껄였다. 나는 마지막으로 강홍민에게 욕을 했던 게 마음에 걸려서 그래 그렇지, 하고 말았다.

한 병밖에 없으니까 조카한테 양보하시죠.

강홍민이 냉장고를 뒤지더니 비타500 한 병을 꺼내서 윤현수에게 건넸다. 윤현수는 고개를 도리도리 저었다.

거기 비타민보다 설탕이 더 많이 들어간댔어요.

그래, 고모가 먹을게 고모가.

나는 강홍민의 손에 들린 비타500을 빼앗듯이 집어들었다. 강홍민은 뭐가 그리 웃기는지 키득키득 웃었다. 윤현수와 나와 강홍민은 소파에 나란히 앉아서 비타500 대신 어제 학부생 누구가 교수님과 면담을 하느라 사왔다는 마카롱 세 알을 나눠먹었다. 강홍민은 점심시간이 다 끝날 때가 되어서야 소파에서 일어나 제자리의 서랍을 뒤지더니 이건 그저께 휴학계를 내려 온 누구가 사온 쿠키라고, 빵켓팅이라고 들어는 봤냐면서 아주 귀한 거라고 몇 개를 쥐어줬다.

맛있게 먹어라.

강홍민이 윤현수의 납작한 뒤통수를 쓰다듬었다. 애 취급 하는 거 싫어한다면서 웃겨. 중얼거렸더니 그래도 귀엽잖아요, 하고 하하 웃었다. 마지막으로는 귀한 손님이라도 배웅하는 것마냥 조교실 문까지 직접 열어주었다.

누나.

왜.

소설 계속 써요.

싫어.

꼭 써요 꼭.

그러고는 잽싸게 문을 닫아버렸다. 나는 양손에 한 움큼 쥔 쿠키를 가방에 대충 집어넣고 윤현수의 손을 붙잡았다. 윤현수는 약간 졸려 보였다.

피곤하니?

아니요.

집에 갈까?

더 놀고 싶은데요.

아무튼 강홍민도 윤현수도 무지하게 맹랑하다.

윤현수와는 캠퍼스를 빠져나와 대학가를 천천히 걸

었다. 도심의 대학가란 곧 번화가이기도 해서 놀러 나온 젊은이들 사이를 윤현수와 같이 걷고 있자니 이게 잘하는 짓인가, 싶기도 했지만 윤현수는 또 그럭저럭 팬시점이나 옷가게 따위를 구경하면서 잘만 돌아다녔다. 작은 인간의 체력은 무한하다더니. 어쩌면 피곤한 쪽은 나일지도 모르겠다…… 생각하면서도 좌판 앞에 잠시 서서 윤현수에게 웃는 표정의 꽃 모양 인형을 하나 사줬다. 고모는 이미 바둑판을 사줬잖아요. 윤현수가 그렇게 말했는데 주말의 나들이란 원래 이런 재미가 있는 거라고, 대꾸해주고 말았다. 돌이켜보면 누구에게나 미안한 일들이 하나씩은 생각나는 법인데 그걸 이제 와서 각자에게 다 갚아줄 수는 없으니까 윤현수에게 몰아서 갚는다고 생각하기로 했다. 달리 말하자면 윤현수에게는 아쉽거나 미안할 일을 만들고 싶지 않다. 물론 이유는 모른다.

한 손에 꽃 인형을 든 윤현수와는 끊임없이 이어지는 골목들을 좀 더 돌았다. 언젠가 윤정수와 마주쳤던 호프집이 있는 골목도 지났는데, 그 호프집은 없어지고 만화 카페가 들어와 있었다. 보통 업장이 바뀌어도 비슷한 업종으로 바뀌지 않나. 여전히 낡아 보이는 벽돌 건물의 2층을 올려다보고 있으니 윤현수가 이제는 다리가 아프다고 했다.

업어줄까?

제가 그 정도로 아기는 아니에요.

그러냐.

네.

나는 윤현수를 잠시 계단에 앉혔다. 2층으로 가는 계단은 여전히 건물 외부로 노출되어 있었다. 골목은 여전하기도 했고 여전하지 않기도 했으며, 정돈이 되어 있기도 했고 듬성듬성 굴러다니는 쓰레기가 조금 더럽기도 했다. 아무튼 일곱 살과 어울리는 공간은 아니다. 그렇지만 대학 투어도 딱히 일곱 살에 어울려서 했던 것은 아니지. 나는 윤현수를 잠깐 안아들고 만화 카페로 올라가서 3시간 이용권을 끊었다. 보일러가 들어와서 따끈따끈한 평상에 윤현수를 앉혀놓고 카운터에서 담요를 얻어와 덮어주기까지 했다. 이쯤 되면 꽤 괜찮은 고모가 아닌가…… 생각하는 사이 윤현수가 어느새 옆에 붙어 같이 만화를 고르고 있었다.

좋아하는 만화 있어?

아니요. 저는 웹툰밖에 본 적 없어요.

사실 나도 만화에는 딱히 취미가 없었다. 대학가에 키즈 카페가 있을 리는 없고 대충 만화 카페라도 같이 오면 좋지 않을까 싶어서 올라오긴 했지만 막상 만화를 고르려니 무한히 늘어서 있는 서가 앞에서 하염없이 망설일 수밖에 없었다. 나는 윤현수와 서가를 빙글빙글 돌다가 문득 본 적은 없어도 이름은 들어본 유명한 만화 하나가 생각났다.

그럼 바둑 만화 볼래?

바둑 만화도 있어요?

있지 당연히.

나는 고스트바둑왕을 대충 3권까지 챙겨서 자리로

돌아와 담요를 덮고 엎드렸다. 아무튼 소설이든 만화든 영화든 드라마든 제목이란 솔직한 법이라서 고스트바둑왕이 바둑 만화인 건 분명했는데 진짜 고스트가 나오는 만화인 줄은 몰랐기 때문에 잠깐 놀랐다. 바둑 귀신이라니 유치원생이 이걸 받아들일 수 있나. 그래도 윤현수는 별말 없이 집중해서 만화를 보고 있었다. 나는 윤현수가 한 페이지를 전부 읽을 때까지 기다렸다가 다 읽었어요, 하고 얘기하면 페이지를 넘겨주었다.

고모.

응.

의식이 뭐예요?

의식? 어떤 의식?

여기요. 얘가 의식 속에 있어요, 하고 말하잖아요.

아. 그 의식.

역시 일곱 살에게 귀신의 존재란 이해하기 힘든 것일 수도 있겠다. 나는 바둑 귀신인 사이가 주인공 히카루의 의식 속에 들어가 제 존재를 열심히 어필하는 장면을 보면서, 이걸 어떻게 설명해야 하나 심각하게 고민했다. 의식이라. 사전적 정의를 말해준다고 윤현수가 알아들을 수 있으려나.

지금부터 엄마를 생각하지 말아봐.

생각하지 말라고 하니까 더 생각나잖아요.

그런 게 의식이야. 네가 엄마를 의식해서 그래.

엄마는 귀신이 아닌데요?

그럼 아빠?

음.

윤현수는 작은 머리통을 열심히 굴리는 것 같은 표정을 했다. 그러더니 곧 알겠어요, 하더니 다시 만화책 쪽으로 시선을 옮겼다. 나는 그 후로도 윤현수가 이해하지 못하는 단어나 바둑 용어 따위를 네이버와 구글 검색의 힘을 빌려 열심히 설명했고, 윤현수는 알겠다고도 모르겠다고도 했지만 그럭저럭 만화는 잘 봤다.

카페 이용권 3시간은 2권도 다 보지 못하고 끝났지만 그동안 내가 알게 된 건 윤현수가 또래답지 않게 어휘력이 뛰어나긴 하지만 또 그 또래답게 어려워하는 것도 많다는 것. 그리고 바둑은 윤현수가 나에게 설명해준 것처럼 그리 호락호락한 게임이 아니라는 것. 고스트바둑왕은 바둑 만화답게 한 챕터가 끝날 때마다 바둑 룰이나 용어에 대해 설명하는 페이지가 있는데 그건 내가 아무리 검색을 열심히 해도 당장 깨우칠 수 있는 게 아니었다.

윤현수의 희망대로 토요일 외출을 하고 돌아와서는 둘 다 기절하듯 잠들었다. 윤현수를 먼저 씻겨서 안방에 눕혀 놓고 샤워를 하고 나왔더니 윤현수가 그릉그릉 코를 골면서 자고 있었다. 애들도 피곤하면 코를 다 고는구나. 아무튼 작은 인간도 인간은 인간, 생각하다가 기억도 없이 잠들었다. 그러다 무언가 나를, 혹은 내 옆에 누워 있을 윤현수를 골똘히 바라보는 기척에 문득 눈이 떠졌는데 아니나 다를까 침대 머리맡에 윤정수가 서 있었다. 오래전의 어느 날처럼. 한 손에는 까만색 짐 가방을 들고 덩그러니 서 있는 모양으로.

귀신이냐.

그럴 수도.

윤정수가 애매하게 웃었다. 나는 윤정수가 집을 나가던 날 어딜 가느냐고, 왜 가느냐고 묻지 않았던 것처럼 오늘 역시 왜 왔느냐고, 뭘 하러 왔느냐고 묻지 않았다. 다만 윤현수를 조용히 내려다보는 윤정수의 얼굴을 잠자코 들여다보기만 했다. 그건 분명 내가 아는 얼굴이었지만 동시에 낯선 얼굴이기도 했는데…… 뭐 그만큼 오래 못 만났으니까. 우리는 앞으로도 오래…… 이제까지 못 만난 만큼보다 훨씬 더 오래…… 못 보고 살 것이다. 물론 윤정수는 이미 죽었으니까 나만.

조심히 가.

그래.

윤정수가 그렇게 말하고 진짜로 금방 떠났는지는 모를 일이다. 당연히 나는 잠들었으니까. 다시 눈을 떴을 때 윤정수는 가고 없었다. 대신 장현아에게 메시지가 하나 와 있었다.

현수 소원이 대학 가는 거랬는데 감사합니다.

윤현수와 지하철을 타고 돌아오는 길에는 같이 사진을 골라서 장현아에게 보내 뒀다. 그걸 이제 확인한 모양이다. 장현아의 문장은 단출하지만 명확했다. 무슨 어린애 소원이 벌써 대학에 가는 거냐고…… 답장을 보내려다 말았다. 이 시간에 잠을 깨운 걸 알면 미안해할지도 모른다. 아닌가. 그럴 사람이라면 윤현수를 맡기지도 않았으려나. 나는 장현아의 카톡과 윤현수의 사진을 한참 번갈아 보다가 잠이 다 깼다. 이참에 밀린 자기소개서 첨삭이나 더 해두면 일요일 하루도 윤현수와 팽팽 놀면서 시간을 보낼 수 있을 것이다.

내가 처음 자기소개서를 써준 낚시 동아리 여자애는 인생에서 겪은 갈등과 그 해결 과정에 낚시를 쓰겠다고 부득부득 우기더니 결국 그 얘기로 그럴싸하게 최종 면접을 봤다고 했다. 최종 면접까지 간 건 그걸로 세 번째였는데, 취업 성공은 처음이었다. 여자애는 취업 기념으로 학교 근처의 꽤나 고급인 일식집에서 밥을 샀다.

제가 낚시에는 인생이 담겼다고 했잖아요. 근데 선배가 그건 제 인생이 낚시에 담긴 거지 남들 인생까지 다 낚시에 담겨 있는 건 아니라면서요.

내가 그런 얘길 했나.

네. 그래서 이번 면접에서는 그렇게 얘기해봤거든요.

그래서 붙었을까요? 그 질문에는 대답하지 못했다. 애초에 나는 그 질문이 무슨 의미인지 잘 몰랐으니까. 아무튼 취업을 했으면 된 거 아닌가, 그렇게 생각하고 말았다. 여자애는 기분이라며 비싼 사케까지 시켜서 마시더니 거하게 취했다. 걸음도 제대로 못 걸으면서 계산은 신용카드를 턱 내밀면서 잘도 하기에 괜찮은가 했는데 그렇지도 않았다. 집까지 걸어서 가겠다느니 버스를 타면 멀미가 난다느니 지하철은 너무 길어서 정신이 없다느니 한참 실랑이를 하다가, 결국 내가 택시를 불렀다.

택시를 기다리는 동안 여자애는 웅얼거리는 발음으

로 그럼 선배 인생은 소설에 담겨 있나요 선배는 소설을 계속 쓰실 건가요 그러려고 취업도 안 하시나요…… 하고 실없는 질문을 끊임없이 늘어놓았는데, 나는 어차피 내일이면 기억도 못하겠지 싶어서 묻는 말에 꼬박꼬박 대답해주었다. 어차피 사람들은 남의 인생에 관심도 없고 이미 세상에는 소설을 쓰는 사람들이 너무 많다. 나는 이제 소설 같은 거 쓰지 않을 거고 돈은 나 혼자 먹고살 만큼만 벌면 그만이다. 당연히 여자애는 내 얘기는 듣는 둥 마는 둥 하면서 차도와 인도 사이에 걸터앉아 꾸벅꾸벅 졸았다. 그래서 좋았다. 그래서 좋았는데, 도착한 택시에 비틀비틀 올라타다 말고 어차피 선배도 제가 낚시하는 거에 관심 없잖아요…… 하더니 뒷좌석에 풀썩 쓰러졌다.

그 후로는 나에게 자기소개서를 맡기면서도 내 소설이 어쩌니 하는 사람은 없었다. 그리고 나도 그때 했던 말대로 다시는 소설을 쓰지도 않았고 소설에 대해서 생각하지도 않았다. 더 정확히 얘기하자면 소설에 대해서 생각하지 않겠다고…… 생각했다. 어쩌면 인생은 낚시나 소설 같은 것보다 자기소개서에 더 유의미하게 담기고 있지 않나. 미국 음식도 중국 음식도 아닌 미국식 중국 음식을 서빙하면서 좋아하지도 않는 볶음면 같은 걸로도 끼니만 때울 수 있으면 그만이다. 그러다 가끔은 오늘처럼 빵캣팅까지 요구하는 귀한 쿠키를 먹기도 하고.

나는 자기소개서를 넘겨 보다 말고 강홍민이 준 쿠키를 뜯었다. 쿠키에서는 정말로 귀한 맛이 났다. 버터와 캐러멜의 풍미가 완벽하게 조화로워서 이건 당류고 뭐고 윤

현수도 꼭 먹어보라고 해야지, 다짐하고 있는데 윤현수가
깼다.

고모.

아이고.

윤현수가 안방 문을 붙들고 식탁에 앉은 나를 졸린
눈으로 쳐다보고 있었다. 잠도 덜 깬 주제에 고개를 휘휘
젓더니 혀까지 찼다.

이 시간에 그런 거 먹으면 안 돼요.

맛있는데.

당뇨력이 있댔어요. 아빠 쪽에.

나도 너네 아빠 쪽인데.

그러니까 고모도 조심하세요.

이걸 걱정을 해줘서 감동이라고 해야 하나. 나는 여
전히 나를 닮은 윤현수의 눈매를 잠깐 쳐다보다가 알겠다
자라, 하고 남은 쿠키를 식탁 구석으로 슬쩍 치웠다. 어차
피 윤현수가 다시 잠들고 나면 내가 쿠키를 마저 먹었는
지 말았는지 알지도 못하겠지만 그래도 작은 인간 앞에
큰 인간 된 도리로 적어도 거짓말은 하지 않는 게 좋겠지.
어린애들은 하루하루 크는 게 눈에 보인다던데 며칠 전
처음 본 윤현수와 지금의 윤현수는 아직 거기서 거기다.
나는 구태여 앉은 자리에서 일어나 어제의 강홍민처럼 윤
현수의 납작한 뒤통수를 몇 번 쓰다듬으면서 도로 침대에
눕히려고 했는데,

안 졸려요.

또 실패하고 말았다. 아무튼 육아란 게 어디서 보고

들은 대로만 이루어지는 건 아니지만 결론은 쉽지 않은 일, 이라는 데는 그럭저럭 동의가 됐다. 지금보다 더 작은 윤현수는 더 어려웠으려나. 장현아가 돌아오는 날에는 그런 걸 물어보고 싶기도 하다.

지금 안 자면 내일 늦잠 잔다.

이건 일찍 일어난 건데요.

흠.

아무튼 윤현수가 윤정수보다 말주변이 좋다는 건 확실하다. 아니면 장현아가 말을 잘했던가, 떠올려보려고 했는데 사실 그렇게 긴 얘길 했던 것도 아니라서 이제는 기억도 잘 나지 않는다. 나는 억지로 윤현수를 재우는 대신 거실 가운데 바둑판을 펼쳐두었다. 이제까지 그래왔던 것처럼 바둑 방송을 틀어줄 수도 있겠고 전자책 구독 어플로 고스트바둑왕 전권을 빌려다가 보여줄 수도 있겠다. 윤현수와 내가 같이할 수 있는 일은 여전히 한정적이지만 마냥 단순하지는 않다.

내가 내 할일을 하는 동안 윤현수도 윤현수의 할일을 한다. 나는 윤현수가 당연히 바둑을 둘 줄 알았는데 어스름히 해가 뜨는 거실 가운데 엎드려서 노트에다 뭔가를 열심히 쓰고 있었다. 윤현수와 윤현수가 적고 있는 글씨는 역광 때문에 실루엣만 겨우 보이는 수준이었는데, 나는 도대체 뭘 쓰고 있는 건지 궁금해서 하던 일은 일단 두고 윤현수 곁에 가서 앉았다. 덜 뜬 해는 아주 절묘하게 노트를 분간할 정도로만 밝았다. 윤현수가 끄적거린 건

단지 글씨만이 아니고 그림도 함께 있는 그림 일기였다.

너 일기도 쓰니?

가끔요.

매일 아니고?

일기는 쓰고 싶은 게 있는 날만 써도 된댔어요.

누가 그랬는데?

아빠가요.

그건 잘 배웠네. 나는 그렇게 중얼거리면서 윤현수가 어설프게 그려놓은, 아마도 인문학관 앞의 조각상처럼 보이는 무언가와 정체 모를 인간 셋……을 내려다봤다. 세 명 모두 얼굴에는 눈코입이 달려 있고 팔다리도 멀쩡했지만 윤현수는 바둑보다 그림에 더 재능이 없었다. 대충 작은 건 윤현수, 긴 머리는 나, 짧은 머리는 강홍민인가, 하고 물어봤더니 아니란다. 윤현수는 맞았는데 긴 머리는 장현아고 짧은 머리는 윤정수. 나는 처음 셋의 가족사진을 봤던 날보다 조금 더 토라졌다.

같이 간 건 난데 왜 엄마랑 아빠만 그려주냐.

아직 덜 그렸어요. 고모도 그릴 거예요.

예쁘게 그려줘.

고모는 안 예쁜데요.

어쩌면 이런 게 미운 일곱 살. 나는 부러 입술을 비죽 내밀고 너무하다, 너무해, 하고 바둑판도 사주고 꽃도 사줬는데 너무하다고 징징 우는 소리를 냈다. 윤현수는 그게 재미있는지 흐흐 웃었다. 그사이 해가 좀 더 떴다. 윤현수가 엎드린 거실 바닥이 흐리게 빛났다. 너는 나 닮았는데 어떡하냐…… 그런 소리는 구태여 하지 않기로 했다. 윤현수는 구석부터 바둑돌을 올리는 것처럼 인간도 발부터 그렸다. 하기사 인간을 어디부터 그리라고 정해져 있는 건 아니니까. 일곱 살이 저 정도 그리는 것만 해도 대단한 일 아닌가. 애들은 잘 자라면 그만이다. 윤정수와 내가 돌봐주는 이 없이 알아서 잘 자란 것처럼…… 아닌가? 아무튼 장성한 윤정수는 장현아와 함께 윤현수를 만들었고 나는 그런 윤현수를 돌본다.

나는 내 그림이 완성되는 걸 보다 말고 느릿하게 뜨는 해를 향해 천천히 누웠다. 아직도 해가 완전히 뜬 건 아니어서 눈이 부시지는 않았고 하늘이 조금 허여멀건하기만 했다. 옆에서는 윤현수가 연필을 움직이는 소리와 윤현수의 숨소리와 이따금씩 종이가 부스럭거리는 소리가 났다. 나는 이제 와서 윤정수가 죽어버린 게 조금 안타까워졌다. 이런 윤현수를 두고 죽어버리다니. 윤정수가 알려준 대로 이렇게 일기도 잘 쓰는데. 그래도 별수 있나. 이미 죽은 걸.

고모.

왜.

고모 이름은 뭐예요?

내 이름을 몰라?

아무도 안 알려줬으니까요.

나는 다시 몸을 뒤집어 윤현수 곁에 같이 엎드렸다. 윤현수는 그려놓은 네 명의 인물 아래에 각각 이름을 써놓고 있었다.

이름은 왜 써.

누군지 모르겠다면서요.

누가.

아까 고모가 그랬잖아요.

맞네.

나는 괜히 윤현수의 그림을 비난해버린 것 같아서 조금 미안해졌다. 누가 누군지 못 알아봤을 뿐이지만 아무튼 윤현수가 열심히 그린 그림인데.

고모 이름은 윤정의.

윤현수는 내가 불러 주는 대로 곧 잘 받아썼다. 영어도 쓸 줄 아는데 당연한 일이라고 생각하고 있는데, 다 쓴 이름을 보니 윤정의가 아니라 윤정이였다.

아니, 정이 아니고. 정의.

의?

그래. 의식할 때 의.

윤현수가 이 밑에다 작대기를 하나 더 그었다. 조금 삐뚤지만 윤정의. 어쩌면 저렇게 엉성한 모양새가 윤현수의 그림에는 더 어울릴지도 모르겠다. 윤현수는 바둑을 잘 두는 것도 아니고 그림을 잘 그리는 것도 아니다. 어쩌면 예술에는 영 재능이 없는 걸지도 모르겠다. 그래도 괜찮다. 윤현수는 바둑이나 그림 같은 것말고도 잘하는 게 많으니까. 무엇보다 내가 모르는 것들을 많이 알고 있고 또 알게 될 테니까. 언젠가는 소원이라는 대학에도 갈 수 있을 테지만 그건 아주 먼 미래의 일일 것이고…… 그동안 나는 윤정수에 대해서 적어보려고 한다.

겨울 정원
2025 김유정문학상 수상작품집

1판 1쇄 발행
2025년 10월 24일
1판 4쇄 발행
2026년 1월 5일

지은이
이주란
김성중
김연수
서장원
임선우
최예솔   04035 서울시 마포구 양화로11길 54
                                전화. 02)3143-0651~3
펴낸이   팩스. 02)3143-0654
주연선   신고번호. 제 1997-000168호(1997. 12. 12)
                                www.ehbook.co.kr
                                ehbook@ehbook.co.kr

                                ISBN 979-11-6737-589-6 (03810)

                                이 책의 판권은 지은이와 은행나무에
                                있습니다. 이 책 내용의 일부 또는 전부를
                                재사용하려면 반드시 양측의 서면 동의를
                                받아야 합니다.

                                잘못된 책은 구입처에서 바꿔드립니다.